中华胜景智慧行系列

名山菩提行

黄智华 著

图书在版编目(CIP)数据

名山菩提行/黄智华著. —广州:中山大学出版社,2013.6
(中华胜景智慧行系列)
ISBN 978-7-306-04536-2

Ⅰ.①名…　Ⅱ.①黄…　Ⅲ.①游记—作品集—中国—当代　Ⅳ.I267.4

中国版本图书馆 CIP 数据核字(2013)第 081886 号

出 版 人:徐　劲
策划编辑:钟永源
责任编辑:钟永源
摄　　影:黄智华
封面设计:曾　斌　智　华
责任校对:钟永源
责任技编:何雅涛
出版发行:中山大学出版社
电　　话:编辑部 020-84111996,84111997,84113349,84110779
　　　　　发行部 020-84111998,84111981,84111160
地　　址:广州市新港西路 135 号
邮　　编:510275　　传　真:020-84036565
网　　址:http://www.zsup.com.cn　E-mail:zdcbs@mail.sysu.edu.cn
印 刷 者:佛山市浩文彩色印刷有限公司
规　　格:787mm×960mm　1/16　13.25 印张　315 千字
版次印次:2013 年 6 月第 1 版　2013 年 6 月第 1 次印刷
印　　数:1-3000 册　　定　价:39.80 元

少林寺

白马寺

曹洞祖庭

序

中国是个多山之国，名山众多。中国的名山巍峨壮观、气象万千，并且不少与宗教、文化融为一体，成为自然人文胜景，吸引着国内外的游客流连忘返。

中国名山既有以“黄山归来不看岳”而闻名的安徽黄山、“匡庐奇秀甲天下”著称的江西庐山，这些世界级的名山，又有“五岳”的东岳泰山、南岳衡山、西岳华山、北岳恒山、中岳嵩山，“四大佛教名山”的山西五台山、浙江普陀山、四川峨眉山、安徽九华山，以及“四大道教名山”的湖北武当山、江西龙虎山、安徽齐云山、四川青城山，此外，还有众多的各有奇异的名山和自然风景区。

孔子说：“智者乐水，仁者乐山；智者动，仁者静；智者乐，仁者寿。”仁者与山一样是平静、稳重。

大自然之所以伟大，是因为它的千姿百态，“变幻”出无数的“大千世界”。

名山大川是这“大千世界”的佼佼者，是天地交感的精灵之气的凝聚点，是“佛”的化身，其实，所有的“大千世界”都是“佛”或“道”的化身。

本书作者通过游览乐山大佛、峨眉山、云南石林、洱海南诏风情岛、玉龙雪山、丽江古城、五台山、洞庭湖、岳阳昆山紫竹林、南岳衡山、终南山南五台、龙门石窟、洛阳白马寺、嵩山少林寺等，众多佛家文化名山、古刹或胜景，以及由此所写下对佛家思想的感悟，与你共同一起在“菩提树”下悟道。

古时佛陀在菩提树下觉悟成就佛道，所以“菩提”就成为了觉悟、智慧的象征，这是一种明心见性、顿悟真理、超凡脱俗的境界。所谓一物一世界，一物一菩提，众生先天都具有“菩提”的智慧，皆可得自在。

“佛”的觉悟是理解宇宙的“空性”，了悟得到“空性”的智慧，人的“心”就会获得永恒的平静，行为也自然遵循“真善美”之道。

佛家讲“缘起”，万事万物都有联系，这就是“缘分”。以平常之心处世，珍惜好生命，珍惜好各种“缘分”，随缘当下，把握好人生的机遇，不要辜负上天给予你这一“世”的人生使命，这是一种积极人生的“菩提”境界。

作者

名山菩提行

黄智华

目录 CONTENTS

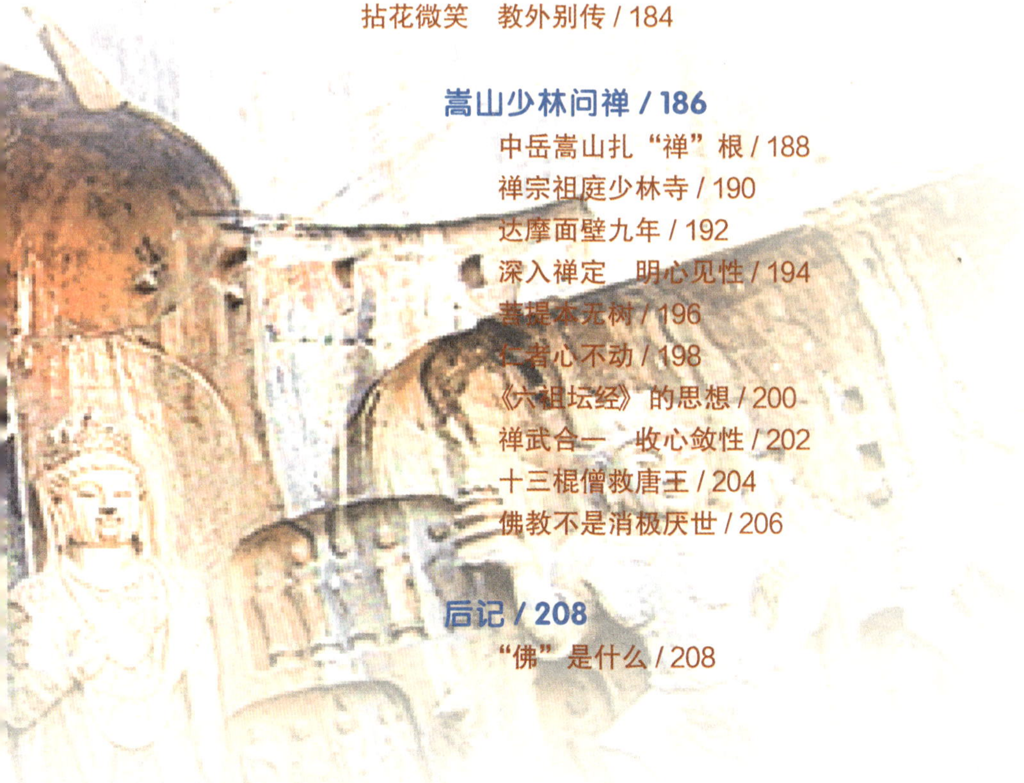

乐山大佛在人间

乐山大佛是世界最大石刻弥勒佛

世界最大石刻弥勒佛

四川乐山大佛不仅是艺术的精品，而且与山体相融会，成为大自然景观的一部分。大佛时刻吸纳着天地之灵气，并融合着人间的精、气、神，使大佛成为天、地、人精灵之气的化身。

乐山大佛景区位于四川省西南部乐山市郊，处于岷江、青衣江、大渡河三江汇流处，与乐山城隔江相望。乐山大佛景区包括乐山大佛、灵宝塔、凌云禅院、海师洞、九曲—凌云栈道、巨型睡佛、东方佛都、佛国天堂、麻浩崖墓、乌尤山等景点，景区集聚了乐山山水人文景观的精华，属峨眉山国家级风景区，是世界闻名遐迩的风景旅游胜地。

乐山大佛依岷江南岸凌云山栖霞峰临江峭壁凿造而成。大佛为一尊弥勒佛座像，雍容大度，雄伟壮观，是唐代摩岩造像的艺术精品之一。

大佛通高 71 米，脚背宽 8.5 米，为当今世界最大石刻弥勒佛座像。大佛为唐代开元年间名僧海通和尚创建，历时九十载完成。

弥勒大佛与凌云山融为一体，巍然屹立，面目慈祥，平视远方，似乎是大佛在用佛的慧眼注视着世间的一切，注视着人间的兴衰祸福，注视着芸芸众生的善恶报应。

令人啧啧称奇的是，举世闻名的乐山大佛端坐在一个巨型“睡佛”的心胸部位，似乎应验了唐代大佛雕刻者寓意的“心即是佛”之说。

巨型“睡佛”又称“隐型睡佛”，位于乐山城侧的三江（岷江、青衣江、大渡河）汇流处，仰面朝天，形态逼真的佛头、佛身、佛足由乌尤山、凌云山和东岩连襟而成，南北直线距离约 1300 米，头南足北仰卧在三江之滨。

乐山大佛藏于巨型“睡佛”之中，富有灵气的乐山大佛就是“睡佛”的心脏和灵魂，形成了“佛中有佛”的奇观。

其实，天地就是大佛，万物的每一分子无不都是佛，人是万物之灵，是天地大佛的心脏和灵魂，是佛中之“佛”。

凌云山上宋代著名文学家苏轼所题“佛”字

苦海无边　回头是岸

进入乐山大佛景区，首先见到的是乐山地区特色的红砂岩，这是一种质地疏松，容易风化的岩石，比花岗岩软，是很好的适宜于刻字和雕塑佛像的材料。乐山大佛就是在这种岩石上雕刻而成的，但佛像雕刻好后，容易受到侵蚀、风化。

沿着石阶上凌云山，映入眼帘的是宋代著名文学家、书画家苏轼所题的“佛”字。苏轼号东坡居士，是乐山人，与父苏洵、弟苏辙合称“三苏”。他在文学艺术方面堪称全才，其文汪洋恣肆，明白畅达，与欧阳修并称“欧苏”，为唐宋八大家之一，著有《苏东坡全集》和《东坡乐府》等。

在通往“乐山大佛”景点的路上，我见到山体红砂岩上刻有小佛像、“回头是岸”、“阿弥陀佛”、“苏东坡载酒时游处”等石刻。

佛家劝人改过向善常说“苦海无边，回头是岸”，这是说做坏事的人只要痛改前非，回复向善之心，就能登上“彼岸”，就有出路。

佛教典籍《大智度论》说：“以生死为此岸，涅盘为彼岸。”佛教以“此岸”形容生死的世界，“彼岸”形容超越生死的涅盘境界。

现实生活中，“超越生死”是一门高深的“学问”，其实学会放下，抛离尘世中的不必要的烦恼，怀有向善之心，就能自由自在地快乐生活，就是能够对“生死”问题淡然处之，就能超越“此岸”，到达“彼岸”，取得“正果”的大智慧境界。

阿弥陀佛又称无量清净佛、无量光佛、无量寿佛等，是佛教中西方极乐世界的教主，与观世音菩萨、大势至菩萨统称为西方三圣。大乘佛教各宗多以阿弥陀佛的净土为归，净土宗以专心信愿念“阿弥陀佛”为其主要特色。

《佛说无量寿佛名号利益大事因缘经》中说：“世尊告阿难曰：纵令一切有情，烦恼恶业，深障重报，

苦海无边，回头是岸

念“阿弥陀佛”是一种入静法门

彼佛光明名号，神力无所障碍。是故彼佛，号无碍、无对、清净、智慧、欢喜等。智慧无碍故，威神力亦无碍；神力无碍故，大慈悲亦无碍。”

念“阿弥陀佛”也是一种入静的法门，久而久之，便是一种修身开智慧的功法。

继续往上走是兜率宫，内供奉弥勒佛像。根据佛教说法，佛陀降生人世之前，先在兜率天宫为诸天讲说佛法，在释迦牟尼佛去世后，将来会有未来佛弥勒佛降生，以教化众生。弥勒佛在降生人间之前，就在兜率天宫的内院中说法。

走过了兜率宫便是凌云寺，凌云寺创建于唐代，俗称大佛寺。现存凌云寺是清康熙六年（公元1667年）重新修建的，以后又经多次修葺，寺内是由天王殿、大雄殿和藏经楼等组成的三重四合院建筑。

供奉弥勒佛像的兜率宫

“苏东坡载酒时游处”石刻

凌云寺俗称大佛寺

山体红砂岩上刻有小佛像

摸摸佛头　鸿运当头

离开凌云寺，来到山顶平台，我见到了弥勒大佛的右侧头部。弥勒大佛依山凿成，临江危坐，头与山齐，足踏大江，双手抚膝。大佛体态匀称，神态慈祥。

据乐山大佛景区的导游介绍，乐山大佛建于公元 713 年，矗立在这里已有 1300 年历史了！大佛通高 71 米，头高 14.7 米，头宽 10 米，发髻 1051 个，耳长 6.7 米，每个耳朵能钻进去两个人，鼻和眉毛各长 5.6 米，嘴巴和眼睛各长 3.3 米，颈高 3 米，肩宽 24 米，手指长 8.3 米，从膝盖到脚背总长 28 米，脚宽 8.5 米，如果人挨人站着，它的每只脚面可以站 100 多人。人们说它：山是一尊佛，佛是一座山。

弥勒大佛两侧的岩石是一种容易风化的“红砂岩”，大佛能够保存 1300 年，主要是因为它的位置处于凌云山西面阴坡处，加上佛体周围林木稠密，地质结构

弥勒大佛的大佛头

弥勒大佛半身像

我与佛合一

摸摸大佛头，鸿运正当头

稳定，而且佛身处于江弯地段，隐藏于山体之中，减少了风雨侵蚀和水流冲刷，因此岩石风化较缓慢。不仅如此，弥勒大佛还有非常巧妙的排水系统，在大佛身后，有左右相通的排水洞穴，可以避免山泉对佛像的浸蚀，大佛头上发髻的第4层、9层、18层各有一条排水道与佛体衣服折皱连成排水渠道网，也避免了雨水对佛体的浸蚀。如此科学设计的造型，浸透着我们祖先的智慧。

景区导游建议游客们在大佛头旁边伸手“摸”着大佛来照相，导游说：“摸摸大佛头，鸿运当头；摸摸大佛眉，婚姻美满；摸摸大佛耳，健康长寿；摸摸大佛鼻，财大气粗。”

我想，大佛全身都是“宝”，每个部位都有其含义，都散发着无穷的智慧和灵光，这反映出佛的普度众生的伟大情怀。

我也按顺序一一去“摸”，期待着有更好的未来。

佛五脚趾代表“五智”

我沿着大佛右侧著名的“九曲栈道”向下走，栈道最宽处 1.45 米，最窄处 0.6 米，共 217 级石阶，沿崖迂回而下，可到大佛脚底。我到达大佛的底部，抬头仰望大佛，大佛与山齐高，显得雄伟壮观，气势磅礴。

在大佛左右两侧沿江崖壁上，还有两尊身高 10 余米，手持戈戟、身着战袍的护法武士石刻，以及数百龛上千尊石刻造像，形成了庞大的佛教石刻艺术群。

弥勒大佛的脚面的确很大，其脚宽 8.5 米，脚面可站百人以上。大佛的大脚踏在大地上，寓意着“佛”是世间的佛，是“度”众生而来的，是为众生解脱“烦恼”而来的。

我想，大佛的这 5 只大脚趾代表着大地的金、木、水、火、土“五行”，代

大佛 5 只大脚趾代表五种智慧

表着五方佛五种智慧。据佛典记载，大日如来为教化众生，将其自身具备的五智化为五方五佛：中央毗卢遮那佛（大日如来），代表法界体性智，代表意义是自性清净，也是三身佛中的法身佛，寓意“光明遍照”、“遍一切处”，五行属土。

东方阿閦佛（不动如来），代表大圆镜智，代表意义是法性不变，这种智能显现世界万象，五行属木；南方欢喜世界宝相佛，也叫南方宝生佛，代表平等性智，代表意义是增益行愿，这种智视世界万法平等无差别，五行属火；西方极乐世界阿弥陀佛，代表妙观察智，代表意义是平和安适，这种智能观方法、明善恶，五行属金；北方莲花世界微妙声佛，又称北方不空成就佛，代表成所作智，代表意义是一切成就，此智能成就功德，诸行圆满，五行属水。

自性清净、法性不变、平等无差别、明善恶、成就功德，这五种智慧是宇宙的大智慧，觉悟了这五种智慧，就能成就佛道。

大佛脚面可站百人以上

大佛显“圣”人间祸福

佛经说弥勒佛出世就会“天下太平”，弥勒佛是能带来光明和幸福的未来佛。唐代崇拜弥勒佛，乐山大佛就是在这样的背景下修造的，同时也是为了“镇”住三江水以平息水患保一方平安。

武周时期，武则天曾下令编造一部《大云经疏》，证明她是弥勒转世，百姓对弥勒的崇拜帮助她在男尊女卑的封建时代登上了帝位。由于武则天的大力提倡，使全国塑凿弥勒佛之风盛行。

“弥勒真弥勒，化身千百亿，时时示世人，世人自不识”，弥勒大佛与世间融在一起，感受着人间的祸福哀乐。

据说乐山弥勒大佛曾多次显“灵”。导游说，1962 年，3 年自然灾害的时候，大佛闭过一次眼。当时四川饿死了不少人，当地人穷，人死了就拿草席一圈扔进江中。而大佛坐落在三江下游，每天都有成群结队饿死的尸体顺江而下飘过大佛，大佛便在一夜之间突然闭眼了。

大佛面对的上空隐约出现“佛光”

当地人们说大佛是不忍看到惨景才闭眼的，经科学人员调查，都没有得到大佛闭眼的答案。之后，因佛像闭眼是不祥，眼睛又被重新修凿。

1963年面对我国3年自然灾害，大佛第二次显“灵”，大佛流泪了！后来，有关部门对大佛进行清洗，但还是没有能抹去大佛眼角的泪痕！

第三次显“灵”是2002年5月7日，当日上午9时43分，乐山大佛出现难得一见的“神秘光环”——佛光。乐山大佛的上空，突然出现日晕现象，刚刚升起的太阳四周闪现出一个直径约300米、内红外紫的五彩光环，色彩时明时暗。11时许光环开始散发出耀眼强光，来自五湖四海的游客无不赞叹这一天下奇景。中午时分佛光慢慢淡化、散去，整个佛光现象持续了3个多小时。

东方佛都景区内展示了佛像闭眼和后来开眼的巨幅图片，看来大佛显“灵”的现象是真实的，这的确令人有点匪夷所思，也只能用摸不着的气场来解释，因为宇宙气场在一定程度上相通的，是会受感应的，就好比母亲有时会感应或梦到所牵挂着的子女的悲欢哀乐那样。

我想，或许大佛所处的地方有着特殊的气场，而芸芸众生对大佛的礼拜也不断增强这种气场，使大佛与众生的气场相通，当众生受自然灾害影响受难时当地会产生一种悲惨的气场，而国泰民安时也会产生一种祥和的气场，这种气场对本来就处于特殊气场方位的大佛造成了影响，于是大佛也受到“感应”而或“忧”或“喜”了。

可能是我与大佛有缘吧，这次我到乐山大佛景区游览，对着大佛面向的三江水面拍了一些照片，后来发现照片中大佛对着的上空隐约出现了内红外紫的彩虹般的五彩光环，这或许就是“佛光”吧！拍照的时间是2012年10月10日上午10时。

1962年，面对自然灾害大佛闭过一次眼（东方佛都景区展示的图片）

乐山弥勒大佛全身像

镇“三江”保人间平安

绕过佛脚便是“凌云栈道”，栈道在弥勒大佛左侧悬崖绝壁间穿洞而过。

栈道开凿于1983年初，1984年竣工，同年10月开放，全长约500米，与大佛右侧的九曲栈道一起构成一条回环曲折的旅游路线。

登上栈道的顶端，来到凌云山的山顶，我看到了大佛的左侧头部，大佛顶上的头发共有螺髻1051个。

凌云山与乌尤山并肩矗立于岷江之滨，凌云山上有凌云寺，建于唐代。乌尤山四面环水，山上有创建于盛唐的乌尤寺，寺内现存七座殿堂，寺内尔雅台是汉代文字家郭舍人注释《尔雅》的地方。

凌云山顶上有乐山大佛始创者海通禅师石像和海师洞，以及灵宝塔、东坡楼、佛国天堂等建筑。佛国天堂是仿唐式古建筑，有天桥、天门、天梯、云台、云梯、三大宝殿等。

灵宝塔又名凌云塔，因其耸立在凌云寺后的灵宝峰巅，故以山峰命名。塔建于唐代，砖砌而成，塔形呈密檐式四方锥体，坐东向西，高38米，共13级。塔顶为四角攒尖式，宝塔每级都开有窗眼。人们修建此塔和后来建造大佛，有镇“三江”保平安的目的。

东坡楼也叫东坡读书楼，位于栖鸾峰巅，系由楼、廊、亭组成的庭院建筑。门额横匾“东坡楼”三字是集北宋诗人、词人、书法家黄庭坚手书而成，楼堂正中立有苏东坡斜倚坐像。

导游介绍说，乐山大佛是一个名叫海通的和尚发起建造的，海通是结茅于凌云山中的一个老和尚。当时，乐山三江汇流之处，水势相当凶猛，经常发生船毁人亡事件，海通和尚不忍心看下去，于是便筹集巨款，修筑乐山大佛，愿它能镇住这汹涌的三江水。当时，有一位贪官见海通筹集了巨款，要敲诈勒索他，海通便对他说：“我宁愿把我的眼珠挖出

凌云山顶上的灵宝塔

来，也不会给你这笔钱。”

他见贪官不信，便用双手挖出了自己的眼珠。贪官见了，吓得魂飞魄散，打消了念头，而“奔走祈悔”。过后，海通又号召了很多人来修筑乐山大佛。海通禅师造佛时年事已高，所以当大佛修到肩部的时候，他就圆寂了。

后来，经过三代人的努力下，前后历经 90 年时间，乐山大佛终修筑成功。

乐山大佛始创者海通禅师石像

凌云山顶上的海师洞

佛国天堂

东坡楼

相由心生　境随心转

在世界闻名的乐山大佛身旁，有一个名为“东方佛都”的景区。在该景区凌云河畔和大佛湾内，荟萃了3000尊中外佛像的仿制珍品。

进入东方佛都景区后，首先迎来的是一尊雕刻在山体上的巨型卧佛，这尊卧佛以重庆市西部的“大足石刻卧佛”为蓝本，利用自然山体的自然延伸雕凿而成，其体长170米。佛像侧身而卧，中段以自然植被象征袈裟披盖佛身，卧佛像显现的是释迦牟尼逝世时睡卧的形象，佛教称之为“佛涅”。

公元前486年，佛祖释迦牟尼八十高龄，传教已45年，谈经300余会，度人无数，佛教已被南亚不少人所接受，这时，释迦牟尼背疾复发，自知将要谢世，于是来到拘尸那伽的跋提河边，便“入寂灭乐，于双树间北首而卧”。众人悲戚，感叹大觉世尊将寂灭，众生福尽。释迦牟尼便“右胁卧狮子床”，安慰大家。在农历二月十五日，释迦牟尼进入“涅槃”，这情景便是后来的卧佛形象。

“巨型卧佛”往前走，见到的是降伏魔女群雕，坐佛为圆雕石刻，魔女为铜塑。这说的是释迦牟尼降伏蛊惑三魔女的佛教传说故事。

话说释迦牟尼即将成佛时，魔王波旬想阻挠他成就佛果，便派3个魔女前去蛊惑他。

三魔女，一名特得悉耶（爱欲），一名罗蒂（乐欲），一名罗伽（贪欲），她们来到释迦牟尼身前，百般献媚，但释迦牟尼却视而不见，内心深入寂定。

3个魔女仍不肯死心，竭尽种种妖娆之态，释迦牟尼训诫她们：“你们形体

以大足石刻卧佛为蓝本的巨型卧佛石刻

虽好，但在我眼中看来，就好比精美的琉璃瓶满贮粪秽，不自知耻！”

释迦牟尼又使用法力，使魔女见到自身老态龙钟、丑状鄙秽之态，魔女看后惊讶万分，羞愧而逃。

“三魔女”代表的是过分的爱欲、乐欲、贪欲，这是迷惑人身的“心魔”。人因为欲望得到满足而快乐，也因为欲望得不到满足而苦恼。其实，一切都是空寂如幻的，不要过于执著，心安就能得到快乐。

佛语云：“物随心转，境由心造，烦恼皆心生。”有禅诗说：“心随境转是凡夫，境随心转是圣贤。”

相由心生，境随心转。心不平则随万境转，只有心灵的超越，超越不平的欲望和苦恼，才能得到自性的真正快乐。

释迦牟尼降伏蛊惑三魔女

巨型卧佛显现的是“佛涅”状态

东方佛都的佛世界

释迦牟尼成道后创立了佛教，什么是佛教呢？佛祖说了四句偈：“诸恶莫作，众善奉行，自净其意，是诸佛教。”

云岗大佛

传说释迦牟尼35岁那年（公元前588年），在一棵菩提树下冥思苦想，并发誓“不获佛道，不起此座”。经过七个昼夜的深入禅定，集中精神思考宇宙人生的真谛，终于在十二月初七这天晚上，他默坐金刚座上，示现种种禅定境界，遍观十方无量世界和过去世、现在世、未来世的一切事情，洞见三界因果。十二月初八凌晨，明星出现天上，他洞达了人生痛苦的本源，断除了生老病死的根本，使贪、嗔、痴等

长14米的唐代四川安岳卧佛

宋代杭州飞来峰大肚弥勒佛

高 9.2 米的北魏莫高窟坐佛

北魏一佛二菩萨

烦恼不再起于心头，领悟到解脱生死之道，豁然觉悟一切真理，完成了无上正觉。从此世人就尊称他为佛陀，圣号就是释迦牟尼佛，意思是大彻大悟的人。

当佛陀在菩提树下成道时说：“奇哉，奇哉，大地众生，皆有如来智慧德相，但以妄想执著，不能证得。”释迦牟尼成就菩提道果后，遂开始传教收徒，传授他所证悟的宇宙真谛。

其生死之道构成四谛说为核心的佛教最基本的教义：苦谛（人生皆苦）、集谛（苦之原因）、灭谛（彻悟苦的原因，达到“涅盘”的境地）和道谛（通过修道达到“涅盘”的途径），人们通过修行、断惑、涅盘，最终成为阿罗汉（“不生”的意思），而不再堕入人世的轮回。

东方佛都景区是“佛”的世界，显示的是佛的种种示相和所代表的智慧。在大佛湾内，中外名佛汇聚，或露或隐，或坐或立，组成一个庞大佛雕塑像群，这些佛像群既有摩崖造像，又有圆雕、浮雕、壁画等。

最为雄伟的佛像是连心山上沿 173 级梯而上的云岗大佛，其他还有长 14 米的唐代四川安岳卧佛、高 8 米的北魏一佛二菩萨、高 6.4 米的宋代杭州飞来峰大肚弥勒佛，还有高 9.2 米的北魏莫高窟坐佛、高 8 米的北魏甘肃庆阳北石窟寺双佛、高 7 米的南朝浙江新昌大佛，等等。这里仿制的佛像均堪称奇绝精品，大小均美，仿中有创，重在神似。

望着东方佛都里的千佛塔和三千“佛世界”，我想，其实千佛就等于“释迦牟尼”一佛，千佛有区别也就是代表着不同的智慧能量和世界的多样性，大千世界其实也就是一佛，都是佛的不同化身。

登上连心山参拜云岗大佛

峨眉灵秀甲天下

峨眉山是普贤菩萨道场

普贤菩萨坐镇峨眉山

峨眉山位于四川峨眉山市境内，景区面积 154 平方公里，最高峰万佛顶海拔 3099 米。峨眉山地势陡峭，风景秀丽，有“峨眉天下秀”之称，是集佛教文化与自然风光为一体的国家级山岳型风景名胜区。峨眉山植被丰富，共有 3000 多种植物，其中包括世界上稀有的树种。1996 年峨眉山被列入为世界自然与文化遗产名录。

峨眉山因其两山峰相对，宛如两眉，故名峨眉山。峨眉山包括大峨、二峨、三峨、四峨四座大山，大峨山为峨眉山的主峰，通常说的峨眉山指的就是大峨山。明代诗人周洪谟赞道：“三峨之秀甲天下，何须涉海寻蓬莱。”

峨眉山以多雾著称，常年云雾缭绕。峨眉山景色壮丽，素有“一山有四季，十里不同天”之妙喻，日出、云海、佛光、晚霞，构成了峨眉山独特的风景线。

清代诗人谭钟岳将峨眉山佳景概括为十景：金顶祥光、象池夜月、九老仙府、洪椿晓雨、白水秋风、双桥清音、大坪霁雪、灵岩叠翠、罗峰晴云、圣积晚钟。

现在人们又不断发现和创造了许多新景观，峨眉新十景为：金顶金佛、万佛朝宗、小平情缘、清音平湖、幽谷灵猴、第一山亭、摩崖石刻、秀甲瀑布、迎宾滩、名山起点。

峨眉山是中国四大佛教名山之一，是四大菩萨中普贤菩萨的道场，主要供奉普贤菩萨。

峨眉山寺庙初创于东汉时期，鼎盛在明清时期，当时全山 120 华里的游山道上分布着大大小小的寺庙 108 座，现在保存下来的还有 28 座。峨眉山最著名的 3 座寺庙，分别是山脚第一大寺的报国寺、半山的万年寺、主峰金顶，这分别代表着佛脚、佛心、佛头。

峨眉天下秀

日出、佛光、云海、圣灯

金顶为峨眉山景区游程的最高峰，是峨眉山第二高峰，海拔为 3077 米。金顶是峨眉山的象征，顶上是个小平台，原有铜殿一座，在太阳的照射下，光彩夺目，故而得名“金顶”。金顶平时云雾笼罩，阳光一出，云海滚滚，诸多峰顶隐约可见，极为壮观。

金顶传说是峨眉山最早（公元 63 年）有寺庙的地方，比万年寺足足早了 336 年，甚至比洛阳的白马寺还早 4 年，自古就有的金、银、铜殿构成了金顶寺庙的独特风格。

金顶景区内现有金顶寺、华藏寺、卧云禅院。金顶寺又称光明寺，因山顶常有光明而得名。《华严经》曰：“有善财童子伫立妙高峰上，观此山如满月，大放光明。”因此，峨眉山又称“大光明山”。

华藏寺始建于东汉，当时称普光殿，后一度改名为光相寺。明代在殿后最高处建有普贤殿，俗称铜殿，殿顶鎏金，与华藏寺合二为一，统称华藏寺。

日出、佛光、云海和圣灯是峨眉金顶的四大自然奇观，此外还有晚霞。峨眉山云雾多，日照少，金顶的四绝奇观，包括金顶的金佛并不是经常能看得清楚。

峨眉山上有一个展览厅，里面有峨眉金顶四绝奇观的图片和资料介绍。据介绍，峨眉十景之首“金顶祥光”是峨眉山的精华所在，由四大奇观组成：

金顶华藏寺

日出：位金顶上，居高望远，日出景象浩瀚壮阔。一轮圆圆的红日悬在天边，旭日东升，朝霞满天，万道金光普照大地。

云海：晴空万里时，白云从千山万壑中冉冉升起，苍茫的云海犹如雪白的绒毯，缓缓地铺展在地平线上，光洁厚润，无涯无边。

圣灯：“圣灯”又名“佛灯”，在金顶无月的黑夜里，“舍身岩”下常出现飘浮的绿色光团，从一点、两点形成千万点，似繁星闪烁跳跃，在黑暗的山谷中飘忽不定，被人们称为“万盏明灯朝普贤”。“圣灯”现象极为奇特，因此有不同解释：多数认为是山谷的磷火，而另一种解释是，某些树木上有一种密环菌，当空气达到一定湿度时便会发光。

佛光：天气晴朗时登上峨眉，当下方弥漫着雾气时，若有人背对着太阳，站在巍峨的金顶上，让阳光从身后射来，在前下方的雾幕上，会出现一个彩虹般光环，中间浮现着他的身影，并且影随人动，形影不离，这就是所谓的“佛光”。佛光是光的一种自然现象，因阳光照射云雾表面而形成。佛光每年平均出现 70 余次，在下午 2~4 时出现较多。

根据金顶四绝奇观的图片和相关资料介绍，我想到，日出、佛光、云海和圣灯这峨眉四绝，的确是四大自然奇观，分别代表的是宇宙的浩瀚、灵性、玄妙和缥缈。

“日出”代表的是宇宙的光明普照、无私奉献，代表的是自强不息的“乾”，这是积极进取的一面。“云海”代表的是柔顺含蓄而顺承于天，它容纳着太阳的光辉，海纳百川，孕育万物，代表的是德合无疆的“坤”。

“圣灯”代表的是宇宙间一股神奇的能量，是由天地间原始的生命体所构成，或者说类似于宇宙元气，这是天地的原始灵性，可视为“佛”性的显现。

“佛光”代表的宇宙间的精灵，因为“佛光”是影随人动，而只有动物才会动，有灵魂的动物是宇宙间的精灵，而人是万物之灵，是精灵中的“精灵”。从“佛光”随人而动这点看来，可以说众生天生都具有佛性，都是“佛”。

日出日落，佛光形影，云海浮沉，圣灯飘忽，雾来雾散，变化无常，这正是大千世界的真实写照。只有普贤不语，静观芸芸众生相。

金顶祥光及云海（峨眉山壁画）

各种各样的大千世界

金顶普贤菩萨像（金顶壁画）

金顶是峨眉山的象征，金佛是峨眉山的标志。金顶上矗立着一座巨大的露天金佛，这是用铜铸鎏金工艺建造的佛像，总重量660吨，由台座和十方普贤菩萨像组成。台座高6米，长宽各27米，四面刻有普贤菩萨十种广大行愿，十方普贤像高42米，重350吨。金顶十方普贤圣像为四面普贤像。

普贤菩萨是佛教四大菩萨（观音菩萨、文殊菩萨、地藏菩萨、普贤菩萨）之一。普贤菩萨象征理德、行德，同文殊菩萨的智德、证德相对应，是娑婆世界释迦牟尼佛的右、左胁侍，三者被称为“华严三圣”。

在佛教四大菩萨中，普贤菩萨以“大行”著称，是法界净土宗之始祖，在华严会上说愿望，帮助一切众生脱离娑婆苦海，往生西方极乐世界阿弥陀佛清净国土。

普贤菩萨以菩提心所起之愿行及身口意，悉皆平等遍一切处，纯一妙善，备

金顶金佛台座

具众德，故名为普贤，所谓“体性周遍曰普，随缘成德曰贤”。

《悲华经》说：“我行应当胜诸菩萨。宝藏佛言，以是因缘，今改汝字，名曰普贤。”普贤菩萨的理德、行德，是实践菩萨道的行为典范，普贤菩萨将无边功德利益遍一切处，以普度众生。

在《华严经》中，普贤菩萨是善财童子参访的第五十三位善知识，为善财童子说十种广大的行愿，善财童子也因此而圆满成佛，所以称为大行普贤菩萨。

《华严经》是大乘佛教修学最重要的经典之一，据称是释迦牟尼佛成道后，在禅定中为文殊、普贤等上乘菩萨解释无尽法界时所宣讲。

峨眉山金顶四面十方普贤圣像，以及金顶的日出、佛光、云海和圣灯四绝奇观，这也象征着宇宙间各种各样的大千世界。《华严经·华藏世界品》中有对各种大千世界的描述：

“尔时，普贤菩萨复告大众言：诸佛子！此中有何等世界住？我今当说。诸佛子！此不可说佛刹微尘数香水海中，有不可说佛刹微尘数世界种安住；一一世界种，复有不可说佛刹微尘数世界。”

“诸佛子！彼一切世界种，或有作须弥山形，或作江河形，或作回转形，或作漩流形，或作轮辋形，或作坛墠形，或作树林形，或作楼阁形，或作山幢形，或作普方形，或作胎藏形，或作莲华形，或作佉勒迦形，或作众生身形，或作云形，或作诸佛相好形，或作圆满光明形，或作种种珠网形，或作一切门闼形，或作诸庄严具形，如是等，若广说者，有世界海微尘数。”

“诸佛子！彼一切世界种，或有以十方摩尼云为体，或有以众色焰为体，或有以诸光明为体，或有以宝香焰为体，或有以一切宝庄严多罗华为体，或有以菩萨影像为体，或有以诸佛光明为体，或有以佛色相为体，或有以一宝光为体，或有以众宝光为体，或有以一切众生福德海音声为体，或有以一切众生诸业海音声为体，或有以一切佛境界清净音声为体，或有以一切菩萨大愿海音声为体，或有以一切佛方便音声为体，或有以一切刹庄严具成坏音声为体，或有以无边佛音声为体，或有以一切佛变化音声为体，或有以一切众生善音声为体，或有以一切佛功德海清净音声为体，如是等，若广说者，有世界海微尘数。”

在上述对各种大千世界的描述中，普贤菩萨说道：“有不可说佛刹微尘数世界种安住”、“复有不可说佛刹微尘数世界”，这说的是各种大千世界多如“微尘”。

现代科学也证实，宇宙无穷无尽，星系数之不尽，的确是多如“微尘”，可见远古时的圣者已通过“慧眼”向众生揭示了宇宙的“秘密”，包括各种各样的“世界”。

金顶金佛，十方普贤圣像为四面普贤像

峨眉最久远寺庙万年寺

下山路上，我沿途见到许多猴子，它们嬉闹顽皮、憨态可掬，常结队向游人讨食，这为峨眉一大特色。据了解，峨眉山猴区内有三支家族式野生猴，共300余只，这些野生猴子以采集植物的叶、花、果为食。

据说，峨眉山猴子过着长期的群居生活，每群数量有15只到60只不等，一般由一只猴王、15只成年雄猴、数只雌猴和小猴组成。

峨眉山植被丰富，山色青翠，草木葱茏，在路上行走犹如进入黛绿的林海之中。峨眉山八大寺庙之一的万年寺就处于一片丛林中，周边古树葱茏，美不胜收。

峨眉山猴子

万年寺位于半山腰，香火历来非常鼎盛。很多游客都把万年寺作为正式登山的起点，而一些游客则先通过索道缆车上金顶，然后把这里作为游山结束的终点。

万年寺山门

据万年寺内的资料介绍，万年寺是峨眉山历史最久远的寺庙，创建于东晋隆安年间（公元397—401年），原名普贤寺，为慧持大师所建。唐乾符三年（公元876年）慧通禅师奉命重建，并认为峨眉山因山形五行属火，唯水能克火，故改名白水寺，宋称白水普贤寺。明万历二十八年（公元1600年）万年寺重修，仿印度热那亚寺建造无梁砖殿，神宗赐额“圣寿万年寺”，名沿称至今。

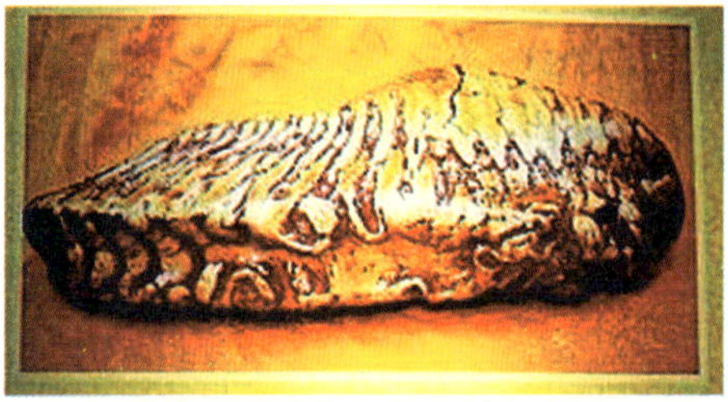
迦叶佛牙舍利（万年寺壁画）

明末万年寺3次遭火灾，清康熙年间重修，

万年寺行愿殿

后又毁又建。公元 1946 年万年寺又遭火劫，除无梁砖殿外，全部被焚。现在的万年寺是 1954 年由人民政府拨款修复的。

万年寺主要建筑有山门、弥勒殿、观音殿、般若堂、毗卢殿、无梁殿、巍峨宝殿、大雄宝殿、钟鼓楼、行愿殿等。

这里有全山唯一的一个全国重点文物保护单位普贤骑象，有唯一的一个无梁砖殿，有全山的三大镇山法宝：御印、佛牙、贝叶经等。

贝叶经是用梵文将佛经刻记于生长在印度热带雨林中的贝多罗树叶之上的一部经书，书长 50 厘米、宽 12.5 厘米，共 246 页，69777 字，为《尊益阿含经》全部经文。据《峨山志》等古史料记载：大明嘉靖年间，高僧别传大师去缅甸参学十载，别传大师返国时，缅甸国王将“贝叶经”御赠别传大师，后保存于峨眉山，为佛门珍品。

佛牙是指迦叶佛牙。南宋初年，有一法师到锡兰（今斯里兰卡）参学，锡兰国君感其心诚，赐以迦叶佛牙，法师将此佛牙带回峨眉山供奉。此佛牙传说是迦叶佛牙舍利，一说是普贤所骑六牙大象坐化后的象牙。

御印为明代万历皇帝朱翊钧敕赐，此印 13 厘米见方，重 4 公斤，印文曰“普贤愿望之宝”，上方刻“大明万历”，右边刻“敕赐峨山”，左边刻“御题砖殿”。据史料记载：大明万历二十八年，万历皇帝之母慈圣太后，前来普贤道场还愿，发起捐助修建普贤砖殿，万历皇帝御题寺名为“圣寿万年寺”，并赐此印。

万年寺钟楼

无梁砖殿和普贤骑象

万年寺第一座殿是弥勒殿，内供弥勒佛，这尊弥勒佛是木雕金身。后殿供观音立像，亦为木雕金身。

寺主殿是无梁砖殿，原名无梁殿，因其全部为砖结构，才被称作无梁砖殿。它是仿印度热那亚寺式的建筑，上为半球形的穹窿顶，顶上四方和中央共有五尊塔，并有四只鹿子，表示吉祥，下为方形底座，整座殿形似蒙古包，象征“天圆地方”。主殿是明万历皇帝为母亲祝寿所建，全殿高 17.12 米，面阔 15.79 米，进深 16.06 米。

殿穹窿下正中供奉着高 7.35 米、重 62 吨的普贤菩萨白象铜像，菩萨神态安详，趺坐于莲花宝座上。相传，宋太平兴国五年（公元 980 年），四川地方官员多次向皇帝上奏说普贤菩萨在峨眉山现相。笃信佛教的皇帝便下诏指派工部官员前往成都，专门督造普贤菩萨骑六牙白象的铜像。这尊普贤白象铜像形态逼真，工艺精湛，历经千年，堪称国宝。

万年寺主殿无梁砖殿，体现“天圆地方”建筑特点

万年寺内普贤菩萨铜像

无梁砖殿这座建筑400年来，经历了5~7.9级的地震18次而安然无恙，被誉为我国古代建筑史上的奇迹。无梁砖殿除仿印度热那亚寺的建筑特色，同时也体现出中国传统文化的“天人合一”、“天圆地方”的学说。

“天人合一”、“天圆地方”是我国先哲们认识世界的思维方式。“圆”，指天；“方”，指地。“天圆”体现的是大自然运动变化的过程，指时间；“地方”体现的是收敛静止，指空间方位，有四面八方之说。

“上下四方曰宇，往古来今曰宙”，“宇”为无限的空间，包括无数维次的空间，“宙”为无限时间，包括过去、现在、未来，无始无终。空间和时间就构成了宇宙。

“天圆地方”是古人对宇宙的朴素认识，中国传统文化提倡“天人相应”，传统的建筑讲究效法自然，这体现出了“天圆地方”的建筑特点，讲究的是人居小宇宙与天地大宇宙相对应。

万年寺内“第一山”石碑

万年寺观音殿

白龙洞是钟灵之地

沿万年寺继续下山便见到白龙洞。白龙洞亦称白龙寺，为明嘉靖时别传禅师始建，清初重建，清康熙皇帝曾赐经书、字联于该寺。白龙洞四周树木特别茂盛，景色别具一格，山门外“白龙洞外点点翠峰迎旭日，古德林中片片绿云带春烟”的对联，正是描绘了白龙洞景区的独特风景线。

寺后原有上下白龙二洞，相传为白娘子修真之所，故寺名白龙洞。白龙洞是峨眉钟灵之地，有不少信众前来点龙脉智慧灯，求智慧，求姻缘。

白龙洞现有前后二殿，前为三圣殿，内供西方三圣：阿弥陀佛、大势至菩萨、观音菩萨；后为大雄宝殿，内供华严三圣：释迦牟尼、文殊菩萨、普贤菩萨。大雄宝殿为清末建筑遗物，殿内供有一尊南宋铁制的“数珠手观音”，通高1.6米。

此外，白龙洞内有两棵“活化石”桫椤树，桫椤树又名“树蕨”，也称“龙树”，为珍贵濒危植物，它出现在距今有3亿多年前，而在1.8亿年前，是地球上最繁盛的植物，与恐龙同时代，成为恐龙的主食之一。白龙洞内的“活化石”桫椤树成为信众祈福转运参拜的对象。

信众围着“活化石”桫椤树转运祈福

白龙洞有一块相传女娲炼石补天时不小心失落人间的灵石“三生石”。据景点资料介绍，传此石外表平凡，虽遗落于大道之边数千万年，却无人能识，几被埋没。在月圆之夜，经过这里的月下老人发现其古拙之间透出钟灵之气，于是拾回府中，置于案头，专门察看人间的三世姻缘。

依我看，女娲炼石补天的灵石“三生石”，能察看人间的三世姻缘，这当然是传说。但不可否认，宇宙混沌开天辟地之

传说“三生石”能察看人间三世姻缘

初，整个宇宙是充满着灵气的。“三生石”如果是天地初生时的遗物，当然就有灵性，因为那时的宇宙是由同一元气所化生，最初不分彼此，之后就由像“三生石”那样的原始物质化生宇宙万物，“三生石”这类原始物质无疑就是大千世界的万物之“父母”，这自然就能察看“子女”的三世姻缘了。

传说《白蛇传》中的白蛇精（白娘子）在白龙洞修道成人后，在“三生石”前向月老许愿能和恩人许仙长相厮守，后来白娘子在“三生石”的“指引”下在杭州西湖遇到了许仙，演绎了一个传诵千古的爱情故事。

富有灵性的“三生石”甚至可视为“佛”，因为“佛”实质上就是代表着先天混沌的元气。人们常说求佛保佑，其实就是试图通过自己的信息场或气场与原始的宇宙元气沟通，以增强自身的先天气场，提升精气神，从而能带来好运气。

先天混沌元气是宇宙万物的父母，无形、无色、无味，无可指名，这也就是中国道家所说的“道”，以及道教所说的盘古氏、原始天尊等天神，佛家所说的各种“佛”。先天混沌元气能穿越所有大千世界、世间万物的一切存在，是天地灵气。

白龙洞门外立有峨眉山龙脉石碑

寺门外广场上立有峨眉山龙脉石碑，背驮着石碑的是貔貅，貔貅是是传说中龙王的第九子，能腾云驾雾，吃四方财，辟邪挡煞。石碑上刻着“龙脉之地，唯对金顶，普贤五显，福聚四时”。

名山大川为天地之龙脉，峨眉山聚天地灵气，自然就体现了佛性，包括乐山大佛也是这样。而白龙洞又为峨眉中轴之灵地，是全山唯一的寺院山门正对主峰金顶的寺院，四时福聚，是峨眉山龙脉所在，是修真养性的好地方。

白娘子修真白龙洞

白龙洞周围是以桢楠等樟科植物为特色的常绿阔叶林，仅乔木就有20种以上。明隆庆丁卯年（公元1567年）别传禅师曾在寺旁率众徒种植桢楠，他种树时口诵《法华经》，一字一礼拜，按字计株，共植69777株，后历数十载而成林，古称“功德林”。现尚存的10余棵古楠，高达二三十米，树龄已在400年以上。

白蛇在白龙洞修炼成人形

白龙洞外有一棵“桢楠王”，树龄一千多年，据史载，宋太平兴国五年（公元980年），宋太宗诏令重修万年寺庙，为方便信众往来，就在山的路口种下了这棵桢楠树作为方向标志。

古功德林的山坡上，原有一个很深的洞，相传为《白蛇传》中的白娘子修道成人的地方，蛇为龙的原型，白龙洞寺因此而得名。后来因山滑坡，山洞被封。

据有关峨眉山传说的记载，在峨眉山清音阁附近山洞内有一只乌龟，它修炼了500年，为了早日修炼成人形，它偷吃孙思邈真人在丹帮洞内炼制的金丹，于是乌龟有了千年道行，变化成人形后在山上横行霸道。

在白龙洞内修炼的白蛇见状很气愤，决定教训乌龟，它趁乌龟每天早晨练功时将偷吃的金丹从口中吐出，吸取天地灵气之际，用嘴对着神珠一吸，把神珠吸到自己肚里去了。乌龟失了神珠，一下子减了五百年道行，又变回原形，后来被甩到东海去。

白蛇吞了神珠，一下增加了五百年道行，变成了一位美艳的姑娘，自称白莲仙姑。后来就有了《白蛇传》白娘子与许仙的爱情故事。

《白蛇传》是中国四大民间传说之一，其余三个为《梁山伯与祝英台》、《孟姜女》、《牛郎织女》。《白蛇传》是中国民间集体创作的典范，描述的

是一个修炼成人形的蛇精与人的曲折爱情故事。故事包括篷船借伞、白娘子盗灵芝仙草、水漫金山、断桥、白娘子被压雷峰塔、许仙之子仕林祭塔、法海遁身蟹腹以逃死等情节。

民间故事中，白素贞（白娘子）是千年修炼的蛇妖，为了报答书生许仙前世的救命之恩，化为人形嫁给许仙。有一天许仙听了金山寺和尚法海说白素贞乃是蛇妖的话，让白素贞喝下带有雄黄的酒，白素贞显出了原形，却将许仙吓死。

白龙洞外“桢楠王”树

为了救活许仙，白素贞上天庭盗取仙草灵芝，并与法海斗法，而水漫金山寺。后来，白素贞因为水漫金山寺而触动胎气，早产生下儿子。法海趁机用“金钵”罩住分娩不久的白素贞，并将其镇压于“雷峰塔”下。被救活的许仙心灰意冷，便在“雷峰塔”下出家修行，护塔侍子。白素贞的儿子长大后得中状元，到塔前祭母，并将母亲救出，一家团圆。

这个民间故事表达了人们对白娘子和许仙两情相悦的爱情的赞美，以及对法海破坏和束缚人性自由的憎恨。

法海执著的是人妖不两立，认为“妖”是害人的，其实，如果是善良的“妖”如白娘子那样，即使是披着人皮的“蛇精”，但融入了人间正常的生活，与“人”无异，那又有何妨呢！对白娘子“蛇精”的身份就不要太执著了，太执著的法海和尚就不能入“道”！

从某种角度看，人何尝不是披着人皮的“蛇精”，披着人皮的“狼”，每一餐的佳肴美酒何尝不是以弱小动物的付出作为代价。当然，对此也不用太执著，这毕竟是自然界存在的法则。

从佛家角度看，未脱轮回前，众生皆在“六道”（天道、人间、修罗道、畜生道、饿鬼道、地狱道）内行走，从这个角度看，“六道”内的众生皆互为父母子女兄弟姐妹，没有什么区别。所以，“白蛇精”与许仙也并无区别，因为说不定未来世许仙或许会成为“白蛇精”，而形成人形的白娘子与许仙更无区别，均为“人”的同一类。

《白蛇传》这个民间传说，表面上说的是人妖不两立，但实质说的是人们对人性自由的渴望，在两情相悦，在“爱”的这种天性面前，即使是“蛇精”也敢爱，其实这也就是“佛性”。佛性是不分彼此的，代表的是天地间真善美的纯天然本性。

“双桥清音”演奏佛音

从白龙洞往下走是清音阁。清音阁是峨眉山八大寺庙之一，位于峨眉山牛心岭下，海拔 710 米，又称卧云寺，以晋人左思诗句“何必丝与竹，山水有清音”的诗意，而取名“清音阁”。

受地形的限制，清音阁只有一个殿堂，内供奉华严三圣，中为释迦牟尼佛，左为文殊菩萨，右为普贤菩萨。

清音阁周围山环水绕，草木苍翠，亭台楼阁，小桥流水，流泉清音，鸟语花香，山光水色，这是一幅青山绿水的美丽画卷。

清音阁下有牛心亭，亭两侧各有一石桥，分跨在黑白二水之上，形如双翼，故名双飞桥。黑水又名黑龙江，源出九老洞下的黑龙潭；白水又名白龙江，源出弓背山下的三岔河，绕万年寺而来。

汹涌的黑白二水穿峡而出，汇合于牛心亭下的水潭。牛心亭下二水汇流处有一巨石，名牛心石，两江汇流冲击着牛心石，水声响亮，故有“黑白二水洗牛心”之说。

这就是峨眉十景之一的“双桥清音”，古今游人多称誉为“峨眉山第一风

牛心亭、双桥清音

牛心石是我们的“心石”

景”。其实“双桥清音”的“牛心石”就是我们的“心石”，也需要“黑白二水”不断地时刻清洗着。

“双桥清音”演奏的是“佛音”，这是大自然最纯正的声音，我们的内心需要最纯正的声音去清洗，去融化。

沿着山路下行，我来到聚佛台，这里如同进入了清凉的世界，令人有洗涤尘俗、静心理佛的感觉，故聚佛台又名洗心台。

清音阁是峨眉山八大寺庙之一

聚佛台的台阶左右两旁各有一巨大岩石，据景点指示牌介绍，左边岩石似普贤坐骑白象的头部，而右边岩石似文殊坐骑青狮的头部。

往下走便是斗龙坝。据介绍，相传白娘子在白龙洞修行时，常到宝现溪嬉水玩耍，而青蛇贪图白娘子的姿色，欲霸为妻，白娘子好胜，提出比武斗法，取胜方可，两人便在宝现溪恶斗。最后白蛇战胜了青蛇，青蛇甘愿变为女做了白蛇的侍女。相传白黑二水就是白蛇和青蛇的化身。

台阶左边岩石似普贤坐骑白象，右边岩石似文殊坐骑青狮头部

斗龙坝过后是金龟坝，据景点指示牌介绍，修筑此坝时掘得一块巨石，如金龟伏卧，故称金龟坝。相传五千年前黄帝来峨眉山问道于天真道人，途经此地，突遇山洪，不能渡河，轩辕黄帝于是点金龟为石，安然而过。

斗龙坝是相传白娘子与青蛇相斗的地方

奇妙的彩云之南

云南石林是由岩石组成的“森林”，可以说是石林山

天造奇观石林众妙世界

云南即“彩云之南”，以其美丽、丰饶、神奇而著称于世，一向被外界称为“秘境”。三国时期，云南地区称为“南中”，公元225年，蜀国丞相诸葛亮率大军降服“南中”大王孟获，留下了一段佳话。

云南有雪山、草甸、梯田、雨林、湖泊、江水，闻名于世的金沙江、怒江、澜沧江几乎并排地经这里流向远方。

2010年4月，我到云南的昆明、大理、丽江等地游访，游览了石林国家地质公园、大理古城、洱海、天龙八部、丽江古镇以及玉龙雪山等景区。

云南是一个多民族聚居的地方，在这里我感受到丰富的民族风情文化，以及与自然相适的纯朴民风。此次云南之旅，给我的感觉是，云南是一个纯朴的没有痛苦的“天国”，一个天与地交融的地方。

石林国家地质公园是一个以岩溶地貌（喀斯特地貌）为主体的风景区，位于云南省石林彝族自治县境内，深、幽、险、奇是石林景区的景观特征，有“天下第一奇观”的美誉，与北京故宫、西安兵马俑、桂林山水齐名，成为中国四大旅

石林千姿百态，争奇竞丽

游胜地之一。

这里在两亿多年前还是一片汪洋大海，沉积了许多厚重的石灰岩。经过各个时期的造山运动和地壳变化，岩石露出了地面。约在200万年以前，由于石灰岩的溶解作用，石柱彼此分离，又经过常年的风雨侵蚀，无数石峰、石柱、石笋、石芽拔地而起，终于形成了现今极为珍贵的地质遗迹。

云南石林是一座名副其实的由岩石组成的“森林”，可以说是石林山。在石林广袤的土地上，有雄奇的峰林、湖泊、瀑布、溶洞，遍布着上百个黑色大森林一般的巨石群，有的独立成景，有的纵横交错，连成一片，分布在山坡、沟谷和洼地等之中。

石林风景区包含大石林、小石林、步哨山、李子园箐、万年灵芝、乃古石林六个片区，辟为游览区的大（小）石林、乃古石林是其中具代表性的片区。

进入石林景区映入眼帘的是一派生机盎然，石柱、石壁、石峰千姿百态，争奇竞丽，石林壁峰之间，翠蔓挂石，金竹挺秀，山花香溢，灵禽和鸣。

石峰、石柱拔地而起，突兀峥嵘

石林遍布巨石群

拟人似物，栩栩如生

"善恶石"下辨善恶

远远望去的石林，犹如一片黑石森林的梦幻童画世界，那一支支、一座座、一丛丛巨大的石柱、石壁、石峰，昂首苍穹，直指青天，千姿百态，突兀峥嵘。

一片片天造奇观的石林，美不胜收，拟人似物，无不栩栩如生，惟妙惟肖，姿态各异，鬼斧神工的岩石组合形成了各具形态的构景，如唐僧石、悟空石、八戒石、沙僧石、观音石、猴子石、将军石、阳元石、莲花石、蝙蝠石、神仙石床、佛手屏、千刃峰、老君壶，还有士兵俑、阿诗玛、犀牛望月、梁祝相会、石破天惊、猪八戒背媳妇、孔雀开屏、龙腾虎跃、女娲补天、双鸟夺食等等，一派生机盎然。

《华严经》说："此华藏庄严世界海，大

有"怪兽"在张望

惟妙惟肖的蝙蝠石

富有"灵性"的猴子石

形似狗的石块

轮围山，住日珠王莲华之上。栴檀摩尼，以为其身，威德宝王，以为其峰，妙香摩尼，而作其轮，焰藏金刚，所共成立。一切香水，流注其间，众宝为林，妙华开敷，香草布地，明珠间饰，种种香华，处处盈满，摩尼为网，周匝垂覆。如是等，有世界海微尘数。众妙庄严。”

石林世界就像《华严经》中描绘的华藏庄严世界海那样众妙庄严，是华藏庄严世界的缩影。“大轮围山”，“栴檀摩尼，以为其身”，“威德宝王，以为其峰”，“众宝为林，妙华开敷”，这无不是石林世界的真实写照。

有一处“石林胜景”，是进入石林迷境的必经之处，两列高耸的石峰构成一道天然石门，顶上夹悬着一块摇摇欲坠的巨石。

我想，这是一块“善恶”石，人如果心地坦然，行得正走得直，就不怕巨石跌下来，如果做了亏心事在其下行走就会心惊肉跳。

安然穿过“善恶石门”，迎在眼前的是刻着“天南崆峒”几个字的屏风状石峰，它就像一座高山伸向苍穹，连接着上天，传递着上天的“意旨”。甘肃平凉市城西有座崆峒山，其峰峦雄峙，幽壑纵横，怪石嶙峋，如缥缈仙境，自古就有“西来第一山”之美誉。崆峒山因轩辕黄帝问道广成子而被誉为“道源圣地”、“中华道教第一山”。

整个石林就是“天南”的“崆峒山”，是连接上天的天柱。

『善恶』石下辨人间善恶

“天南崆峒”石峰伸向苍穹

“剑峰”刺向“心魔”

穿过“天南峵峒”石峰，接着看到的是一群“剑状石柱”，石柱经雨水长期的垂向溶蚀，表面呈现锋利的刃脊和凹槽（溶痕），形如宝剑，直刺天宇，故称为剑状石柱，也犹如“剑峰”。

这里“剑峰”林立，仿佛进入刀山剑丛之中，“剑峰”就像一把把利剑刺向人的“心魔”，使人的“魔心”转变为佛的慈悲心和至善之心。

在高耸而密如刀丛的“剑峰”群之中，是剑峰池，这是石林最低的地方，剑峰池水若隐若现，蜿蜒于石缝之间。

我想，“剑峰”的“利剑”化作了水，“心魔”变为菩萨善心，人的内心需要像水那样平静如镜，一尘不染。

“剑峰”丛林附近一块标有“无欲则刚”的石柱。“无欲则刚”出自《论语·公冶长第五》：“子曰：吾未见刚者。或对曰：申枨。子曰：枨也欲，焉得刚？”这意思是说，不被自己想要得到的某种利益所诱惑，就是达到了真正的刚义。

这块“无欲则刚”石柱正合清朝后期政治家林则徐的对联：“海纳百川，有容乃大，壁立千仞，无欲则刚。”这副对联是林则徐任两广总督查禁鸦片时期，在自己府衙所写的。

登高远眺，一览众峰小

千仞峭壁之所以能巍然屹立，是因为它没有世俗的欲望，所以“无欲则刚”。人处世，难免有各种各样的欲望，但凡事总要有个尺度，如果欲壑难填，就会出现“心魔”而难以自拔。

“无欲则刚”是佛家的思想，人以平常心处世，没有贪图的欲望，为人刚正、大度、包容，胸怀若谷，就不会被得不到的东西所困扰而苦恼，就会有坚如磐石的正义感。

行得正，无私则无畏，就能达到大义凛然的境界。

“剑峰”群中的剑峰池

无欲则刚，没有贪欲，正义就坚如磐石

“剑峰”像利剑刺向人的“心魔”

“剑峰”林立

善美忠贞的阿诗玛

过了“剑峰”丛林，我来到了一个标有“且住为佳”的崖洞处，这是一个纳凉的好地方。

“且住为佳”出自唐朝颜真卿的《寒食帖》：“寒食只数日间，得且住为佳耳。”意思说，还是暂且住在这里好。

“崖洞”里有一张石板床，传说是古时神仙在这里睡觉的地方。我也坐上了石板床，做了一回“神仙”，期望能带来“神仙”般的福气。

往前走，便到达望峰亭。望峰亭上可看到石林的全景，大有“一览众山小”的感觉。

在望峰亭，有一位游客正聚精会神地画着

出于泥而不染的莲花是纯净的象征

狮身人面石，令人想到了史前文明和外星文明

阿诗玛是美丽、勇敢、忠贞的象征

"且住为佳"的崖洞

"阳元石"是生生不息的象征

石林奇妙的景致，仿佛是要将这里的一派生机和灵气带回家。

下了望峰亭，我继续往前走，沿途的景色更加精彩，例如有3只猴子在高处张望觅食模样的小峰、巨大的唐僧石，以及莲花石、阿诗玛石、蝙蝠石、狮身人面石等，还有较多挺拔而立的"阳元石"。

莲花石活灵活现，莲花出于污泥而不染，是纯净的象征。佛菩萨的形象是端坐或站立在莲花宝座之上，代表着佛菩萨的洁白无瑕、极尽善美，其身、语、意是绝对清净，这象征着宇宙的神圣本源。

阿诗玛是云南民间传说的主人公，是美丽、勇敢、忠贞的象征。撒尼民间文学最负盛名的叙事长诗《阿诗玛》，使用口传诗体语言，讲述或演唱阿诗玛不屈不挠地同强权势力作斗争的故事，揭示了光明终将代替黑暗，善美终将代替丑恶，自由终将代替压迫与禁锢的人类理想，反映了彝族撒尼人"断得弯不得"的民族性格和民族精神。

石林景区范围广袤，气势恢弘，峭壁万仞，石峰嶙峋。石林既是自然的风景，也是人文胜景，她是大地的缩影，她的灵秀是"天国"在大地上的再现，她是大地的"南天砥柱"。

岩石形似"唐僧"在打坐

众"阳元石"挺拔而立

天龙八部众生相

我离开石林景区后到了大理旅游，先后游览了天龙八部影视拍摄基地、洱海、南诏风情岛和丽江古城。

大理地处云南省中部偏西，海拔 2090 米，东邻楚雄州，南靠普洱市、临沧市，西与保山市、怒江州相连，北接丽江市，东巡洱海，西及点苍山脉。公元 937 年，通海节度使段思平联合滇东三十七部进军大理，建立了大理国，大理国基本继承了南诏国的疆界。大理国统治云南达 300 多年，期间曾受宋王朝的“云南八国郡王”等封号。公元 1253 年，蒙古忽必烈率军从青藏高原南下攻占大理，大理国最后的国王段兴智被俘，大理国亡。

“天龙八部”是一个大型影视拍摄基地，东距大理古城 1.5 公里，距崇圣寺三塔 2 公里。大理天龙八部影视城占地面积 700 余亩，主体建筑有城墙、城门、皇宫、王府、大理街、女真部落、西夏城等。大理天龙八部影视城与大理古城、崇圣寺三塔、元世祖平云南碑等景点相辉映，共同形成了集中展示大理历史文化的旅游核心区。

在天龙八部影视拍摄基地，我进入大理国皇宫，坐上了皇帝宝座，当了一回“皇帝”，并在影视城内体验了模仿大理国王爷段正淳搭彩楼招婿、段家二小姐抛

天龙八部城

作者坐上皇帝宝座，当了一回“皇帝”

大理国皇宫

天龙八部城内“倚天剑”

模仿大理国王爷段正淳搭彩楼招婿

绣球的活动。

“天龙八部”是佛经用语，包括八种神道怪物，指一天众、二龙众、三夜叉、四乾达婆、五阿修罗、六迦楼罗、七紧那罗、八摩呼罗迦，象征着“世间众生”，寓意着大千世界的芸芸众生，背后笼罩着无边的佛法，并皆逃脱不了“佛”的手掌心。

香港现代著名作家金庸有一部《天龙八部》的武侠小说代表作。小说以宋哲宗时代为背景，通过宋、辽、大理、西夏、吐蕃等王国之间的武林恩怨和民族矛盾，对人生和社会的现象进行了审视与反思。书中所出现的人物无不为自身的贪嗔痴爱所困，造就了一个“无人不冤，有情皆孽”的婆娑世界。

佛教认为一切事物无常，六道众生处于轮回之中，这主要是自身摆脱不了贪嗔痴爱所造成的。“天人”尽管福报大，但他们寿命终了后，还是要死的。

所以，天人与大千世界的芸芸众生一样是平等的，万物在佛法这一自然无形之手面前也是平等的。

“天龙八部”大理国城

大理崇圣寺三塔镇龙泽

离开天龙八部影视拍摄基地后，我跟随旅游团坐船游洱海。洱海位于大理市区的西北，为云南省第二大淡水湖，其唯一出水口在下关镇附近，经西洱河流出。洱海长约 42.58 公里，是西洱河塌陷而形成的高原湖泊，因形似耳朵而取名“洱海”，是白族人民的“母亲湖”。洱海共有 3 岛、4 洲、5 湖、9 曲。

山和海是一体的。洱海西面有苍山横列如屏，东面有玉案山环绕衬托，沿途风光旖旎迷人，云朵飘飘，海浪涌涌。海浪与云朵相跃起舞，好在有近处与远处的重山叠峰将云朵和海浪分隔，不然水天连接，就分不开海浪与云朵。

我站在船边，感受到洱海的风云变幻，时而蓝天白云，时而乌云盖顶。风吹云拥，形成了各种各样的形态。天空就是一个虚幻的天国，云朵可以演化出所有的形态，虽然壮观，但变幻无常，不由得感叹人世间也不过如此。

佛家说“缘起性空”，“风”其实就是“缘”，因为有“风”，才有云朵的各种形态，但“云”的各种形态都是虚妄不实的，是“性空”，宇宙也无不是这样。但这瞬间“缘起”的“相”构成了现实的世界，却是十分珍贵的，需要好好去珍惜。

阳光从云层之间投洒到洱海上，仿佛是一束束的佛光，洒到我的心窝，蓝天、阳光、云朵、洱海都装到我的心窝里。

此时，我心潮澎湃，而风起云拥，海浪涛涛，这是一幅大自然的动感画卷，体现出大自然无穷无尽的生命力和灵性，一种生生不息的本性。

忽然，一只海鸥从头上飞过，打破了我的思绪，海鸥在天空中自由自在地飞

重山叠峰将云朵和海浪分隔

大理古城与崇圣寺三塔

海鸥自由自在地飞翔，是快乐的天使

翔，是快乐的天使。人其实也可以如海鸥那样，没有过多的奢欲而快乐地生活，畅游于天地之间。

船经过大理市区，我看到了岸上大理古城的崇圣寺三塔。崇圣寺三塔是大理市“文献名邦”的标志，是云南省古代历史文化的象征，也是中国西南方最古老最雄伟的建筑之一。

崇圣寺三塔是南诏国和大理国时期建筑的一组颇具规模的佛教寺庙，其背靠苍山，面临洱海，三塔由一大二小三座佛塔组成，呈鼎立之态，远远望去，卓然挺秀，是苍洱胜景之一。

据说，当初修建三塔，除了佛家所宣扬的可以成佛外，还有一个重要的原因，就是大理古为“泽国多水患”，古籍《金石萃编》中记载：“世传龙性敬塔而畏鹏，大理旧为龙泽，故为此镇之。”

在南诏国和大理国时期，藏传佛教、印度密教和中原地区的禅宗等宗教文化，在大理得以交汇和融合，因此大理被社会学家称为“亚洲文化十字路口上的古都”。

洱海风云变幻，人生也如此

洱海观音“显圣”

船行驶到途中，我们登上南诏风情岛参观。南诏风情岛是洱海三岛之一，位于洱源县双廊乡境内。该岛四面环水，东靠著名佛教圣地鸡足山，北接石宝山，南连大理，西对苍山洱海。

登上小岛，映入眼帘的是一组石雕，名叫沙壹母群雕。传说南诏的祖先是一个名叫“沙壹”的女性，她是哀牢山下渔女，在捕鱼的过程中，她触沉木（龙的化身）而感孕，后来生下10个儿子，分别成为云南各族的先祖。于是，沙壹就成为彝族、白族等族人尊敬的创世始祖母。

福星广场是南诏风情岛的主要景观之一，福星广场有一尊汉白玉观音雕像，该像由269块汉白玉构成，观音像的两台基座分别高2米和1.2米，雕像高14.36米，是目前世上最高的一尊汉白玉观音雕像。

我参拜了这尊世界上最大的汉白玉观音像，其实与其说拜观音像，倒不如说是“拜”自身，祈求上苍赐给自身智慧与福报。我们内心深处都有一尊“佛”，其实我们本身本质上就是“佛”，观音像代表的是一种虚空的法度。

当佛陀在菩提树下成道时说：“奇哉，奇哉，大地众生，皆有如来智慧德相，但以妄想执著，不能证得。”《六祖坛经》说：“智慧常现，不离自性。”

沙壹母是创世始祖母

众生本具般若性，自性本来就有，本来清净，只因无明烦恼执著，而沉沦于“生死流转”之中。假如消除无明烦恼执著，众生就能证悟般若智慧，便见性成佛了。

当我拜了玉观音像后，抬头望向天空，神奇的一幕出现了，玉观音像背后上空出现了一个侧身的白光观音影像。

观音“显灵”了，我马上

用相机拍下了这神奇的一幕，此时是 2010 年 4 月 23 日 15 时 30 分。或许，我祈求上苍的诚挚之心，感动了上天，或许，我内心的一尊“佛”显现了出来！

我再次躬身下拜这尊充满灵性的世界上最大的汉白玉观音像。

南诏风情岛玉观音像上空，出现侧身白光观音影像

“三朵”崇拜的玉龙雪山

上岸后，我乘坐旅行车经过大理市区，在鹤庆县新华村石寨子短暂参观后，来到了世界文化遗产丽江古城。在古城住了一晚后，次日早上我到丽江市以北25公里处的玉龙雪山风景区游览。

玉龙雪山是国家重点风景名胜区，位于横断山脉的沙鲁里山南段，是北半球最南的大雪山，共有十三峰，主峰海拔5596米。山势由北向南走向，南北长35公里，东西宽25公里，雪山面积960平方公里，高山雪域风景位于海拔4000米以上。

雪山山腰云腾雾绕，十三峰连绵不断，远望宛若一条银白色的巨龙在腾云驾雾，因此得名。雪山以险、奇、美、秀著称于世，随着时令和阴晴的交替，“玉龙”乍隐乍现，变幻无常。

玉龙雪山从山脚河谷到峰顶，有着亚热带、温带到寒带完整的垂直带自然景观，风景区主要景点有云杉坪、白水河、甘海子、蓝月谷、镜潭湖、冰塔林，等等。

清代纳西族学者木正源曾形象地归纳出玉龙雪山十二景，即：三春烟笼、六月云带、晓前曙色、暝后夕阳、晴霞五色、夜月双辉、绿雪奇峰、银灯炫焰、玉湖倒影、龙早生云、金水璧流、白泉玉液。

玉龙雪山像腾云驾雾的银白色巨龙

玉龙雪山是纳西族及丽江各民族心目中一座神圣的山，是纳西族保护神“三朵”的化身。“三朵”传说是骑白马、穿白甲、戴白盔、执白矛的战神，是能征善战、济困扶危的英雄，常常显圣，保护着纳西人的安全。

元代初年，忽必烈南征大理过丽江时，曾封玉龙雪山为“大圣雪石北岳安邦景帝”，白沙村北北岳庙至今尚存。

农历二月初八是“三朵节”，为纳西族祭祀“三朵神”的盛大节日，也是纳西族法定的民族节。每年“三朵节”玉龙县都要开展丰富多彩的庆祝活动。

保护神“三朵”和玉龙雪山是纳西族人的灵魂，反映了纳西族人对大自然的无限崇拜和对美好生活的无限渴望与追求。

望着洁净无暇的玉龙雪山，我的心变得异常的平静，雪山下的白水河哗哗流淌，仿佛冲洗着我身上的污垢和烦恼。我真想跳进白水河中去接受大自然的熏陶和洗礼。

在这里，我没有了烦恼和执著，“心无所住”，而包容了整个玉龙雪山，包容了一切一切。我与玉龙雪山融为一体，我仿佛是雪山上的雪水而流向四方。

这就是充满魅力和灵性的玉龙雪山。

玉龙雪山宛若仙境

玉龙雪山是“三朵神”的化身

玉龙雪山十三峰延绵不断

灵魂净土“第三国”

“玉龙第三国”是没有忧伤的世外桃源

玉龙雪山景区有一个云杉坪，这里海拔3205米，是一块隐藏在原始云杉林中的巨大草坪。云杉坪是一个有着美丽动人传说的地方，传说是纳西族一对情人的殉情之地。

这对情人因爱情与传统社会道德相冲突，在世间受到阻碍，于是用自己的生命换取了另一个生存空间，一个理想的国度。这个国度就是纳西族神话传说中的“玉龙第三国”，而云杉坪就是传说中进入这个国度的入口处。

这里是纳西族《东巴经》记载的“虎当坐骑，白鹿耕田，仙鹤织布；没有痛苦，没有忧伤”的世外桃源，是纳西族人心目中的纯情圣地。

“玉龙第三国”是纳西族古老的传说，是纳西族人世代景仰的圣地。这里是人间天堂的化身，是人们心目中所向往的自由王国。

《东巴经》中写道：“这是一个白云缭绕的山国，这儿有穿不完的绫罗绸缎，吃不完的鲜果珍品，喝不完的美酒甜奶，用不完的金沙银团，火红斑虎当乘骑，银角花鹿来耕耘，宽耳狐狸做猎犬，花尾锦鸡来报晓。”

这个“玉龙第三国”，就像《佛说阿弥陀经》所描绘的“安乐世界”那样：“其国众生，无有众苦，但受诸乐。”“极乐国土，七重栏楯，七重罗网，七重行树，皆是四宝周匝围绕，是故彼国名为极乐。”

云杉坪是传说中“玉龙第三国”的入口

“玉龙第三国”是爱情守护神

玉龙雪山是灵魂净土

自古以来，玉龙雪山的蓝天、白云、雪山、森林的景观，被土著民族称之为人间仙境、天上的“佛国”，在这里“叫天天答应，叫地地有声”，您的每一心愿都能实现。

我抬起头，望着近在咫尺的雄伟的玉龙雪山，似乎感觉到玉龙雪山就是“玉龙第三国”。

我默默地许下了美好的心愿，愿善良的人们与玉龙雪山一样“没有痛苦，没有忧伤”。

玉龙雪山是一个美丽绝伦的灵魂净土，安乐世界。

镜潭湖是纯情圣地

茶马古道丽江城

游览完玉龙雪山景区，第二天，我到了玉龙雪山下的丽江古城参观。

丽江古城，也叫大砚镇、大砚古城，形成于宋末元初，地处云贵高原，海拔 2400 余米。

丽江古城的繁荣已有 800 多年的历史，全城面积达 3.8 平方公里，自古就是远近闻名的集市和重镇，是滇西北经济文化中心。丽江古城真实、完美地保存了古朴的风貌，它融汇了各个民族的文化特色而声名远扬。

小桥流水，店铺林立，举杯对酒

古城现有居民 6200 多户、25000 余人，其中，纳西族占总人口绝大多数，有 30%的居民现仍在从事以铜银器、皮毛皮革、纺织、酿造业为主的传统手工业和商业活动。

古城有浓厚的民族传统手工业特色

古城街道依山势而建，顺水流而设，地面以红色角砾岩（五花石）铺就，街道两旁的店铺鳞次栉比。丽江古城民居在布局、结构和造型方面以水为脉随势自然，结合了汉族、白族、藏族民居的传统，具厚重古朴的特色，天井地铺、门窗隔扇等古风犹存，有较高的欣赏价值。小桥流水，灯火阑珊，店铺林立，举杯对酒，让人仿佛回到了古代的悠悠岁月之中。

天井地铺，门窗隔扇，古风犹存

丽江古城拥有古老的供水系统，整个水系中黑龙潭是主要水源。在丽江古城区内的玉河水系上，飞架着 354 座桥梁。大石桥为古城众桥之首，位于四方街东向100米，因从桥下河水中可看到玉龙雪山倒影，又名映雪桥。

丽江古城还是古代的茶马古道途经点。茶马古道源于古代西南边疆和西北边疆的茶马互市，兴于唐宋，盛于明清。茶马古道分川藏、滇藏两路：一条从四川雅安出发，经泸定、康定、巴塘、昌都到西藏拉萨，再到尼泊尔、印度，国内路线全长3100多公里；另一条路线从云南普洱茶原产地（今西双版纳、思茅等地）出发，经大理、丽江、中甸（香格里拉）、德钦，到西藏邦达、察隅或昌都、洛隆、工布江达、拉萨，然后再经江孜、亚东，分别到缅甸、尼泊尔、印度，国内路线全长3800多公里。

在两条主线的沿途，密布着无数大大小小的支线，将滇、藏、川“大三角”地区紧密联结在一起，形成了世界上地势最高、山路最险、距离最遥远的茶马文明古道。

丽江古城是古代茶马古道途经点

丽江古城自古是远近闻名的集市地

“玉龙”戏水黑龙潭

从丽江古城四方街沿玉河溯流而上，约行 1 公里到达城北象山脚下，这里有一处晶莹清澈的泉潭，即中外闻名的黑龙潭（玉泉公园），此地旧名玉泉龙王庙，因获清嘉庆、光绪两朝皇帝敕封“龙神”而得名，后改称为黑龙潭。

黑龙潭泉水清澈，玉龙雪峰和象山倒影其间，景色十分迷人。公园内荟萃了古代纳西族建筑群，有龙神祠、得月楼、锁翠桥、玉皇阁、万寿亭，以及后来迁建于此的原明代解脱林门楼、五凤楼。

“解脱林”的“解脱”两字颇有禅意，在佛教上，指的是摆脱烦恼业障的系缚而复归自在，获得身心自由。

“解脱林”始建于明代万历二十九年（公元 1601 年），为有“木天王”之称的著名木氏土司木增参禅悟道之所。崇祯十二年（公元 1639 年）初，徐霞客游历丽江时，在此曾受木增款待，并留居五凤楼 8 天，为土司木增编校杂著并作序，留下了一段佳话。

玉龙雪山和象山倒影在黑龙潭上

龙神祠、含戏台、得月楼为黑龙潭主要建筑。得月楼始建于清光绪二年（公元 1876 年），1963 年重建时，郭沫若为该楼题写了匾额“得月楼”三字，及楹联：“龙潭倒映十三峰，潜龙在天，飞龙在地；玉水纵横半里许，墨玉为体，苍玉为神。”

楹联仅 30 字，却写出了丽江黑龙潭的神韵，黑龙潭山中有水，水中有山，山水相映，景色无比秀丽。

玉龙雪山倒影在黑龙潭上，出现“玉龙”戏水之奇景。依我看，玉龙雪山是天上的“潜龙”，丽江古城是天上“潜龙”玉龙雪山的“影子”，是地上的“飞龙”。丽江古城的玉河水系水源来源于黑龙潭，那么黑龙潭与丽江古城就连结起来，黑龙潭就成了玉龙雪山“潜龙”入“渊”，化为丽江古城这条“飞龙”的地方了。

玉龙雪山的“潜龙”成就了丽江古城这条“飞龙”，而丽江古城的出现也使玉龙雪山这条“潜龙”变成了“飞龙”。

万寿亭具古代纳西族建筑特色

“戏台”弹奏的是人生的悲欢离合

“解脱林”为参禅悟道之所

得月楼之龙潭倒映

“龙”现身 “洞开天门”

游览完大理和丽江后，我应邀到云南昆明参加由当地宗教界举办的“云南抗旱，祈祷风调雨顺，赈灾济世利民”活动，当时云南出现了8个月的旱灾。

仪式期间我看到天空乌云密布，乌云中露出一条“龙”模样的影像，其张开大嘴，我马上用相机拍下了这一神奇的镜头，此时是上午10时16分（2010年4月26日），之后“龙”消失，接着在乌云中“洞开天门”（10时18分）。

说来也奇怪，仪式结束1小时后的下午2时15分（2010年4月26日）开始下雨，大雨持续了1小时，缓和了旱灾。

龙主“云雨”，“龙”现身，难怪之后出现大雨。

云在天空中出现各种各样的形态也较为常见，但在一些特定场合出现就难得了，如这次宗教界人士举办“云南抗旱”活动，在祈祷仪式期间，“龙”现身，并“洞开天门”，就不同寻常了。

云南昆明宗教界举办“祈祷风调雨顺”活动

而就在前几天的4月23日15时30分，在大理地区附近洱海中的南诏风情岛，当我参拜世上最高的汉白玉观音像后，玉观音像背后上空出现了一个侧身的白光观音影像，这也较为神奇。

世间事有时是不可思议的。据说，1997年10月30日，普陀山南海观音露天铜像开光之日，乌云盖顶，而当主持法会的法师宣布铜像开光大典开始的刹那，天开洞门，一束阳光直射至观音像，同时天空中显现出观音的白光立姿影像，真是奇异。

在洱海南诏风情岛，见到侧身白光观音影像，以及昆明“祈祷风调雨顺”的活动中，见到“龙”现身，并“洞开天门”，这是我2010年4月下旬在云南亲身经历的事。

“祈祷风调雨顺”活动期间，“龙”现身

当然，云南被称为“彩云之南”，本来就是多云之地，这或许是一种巧合，但在特定场合出现就显得有点神奇了，这或者可以说云南地区是一个神奇而有灵性的地方。

『龙』消失后，接着『洞开天门』

清凉佛国播智慧

五台山是中国佛教四大名山之首

五台山是文殊菩萨道场

五台山位于山西省的东北部，属太行山脉的北端。五台山平均海拔 1000 米以上，最高的北台叶斗峰海拔 3058 米，为华北最高峰，被称为“华北屋脊”。五台山主峰有五座，即东、西、南、北、中五个台顶，东台望海峰、西台挂月峰、南台锦绣峰、北台叶斗峰、中台翠岩峰。

五台山气候凉爽，又被称作“清凉山”，这里山峦层叠，千山竞秀，沟壑纵横，谷河漫流，林木耸翠，古刹鳞次栉比，殿宇巍峨，是中国佛教及旅游胜地，列中国十大避暑名山之首，2009 年被联合国教科文组织以文化景观列入世界遗产名录。

我到五台山游览，正值长夏，这时晴空万里，天挂瑞云，白昼天气炎热，而到了晚上则凉气逼人。到达五台山，首先映入眼帘的是五台山最高的塔——塔院寺大白塔，该塔高 56.37 米，是五台山的标志。五台山黛螺顶、菩萨顶、寿宁寺、灵应寺坐落在四周的山脊、山顶上，与处腹地巍然高耸的大白塔相呼应。

五台山相传是文殊菩萨讲经弘法的场所，是当今中国唯一兼有汉地佛教和藏传佛教的佛教道场，现有僧尼数百人。五台山各类佛教建筑异彩纷呈，大量庙堂殿宇构成了东亚乃至世界现存最庞大的佛教古建筑群，素有“佛国”盛誉。1996 年在弓步山（普化寺南）发现了五台山仰天大佛，长达 3000 余米。

五台山上空出现祥“龙”瑞相

五台山现有建筑比较完整的寺院 95 处，其中被公布为全国重点寺院的有 11 处：显通寺、塔院寺、菩萨顶、罗睺寺、殊像寺、碧山寺、金阁寺、广宗寺、广仁寺、黛螺顶、观音洞。

白塔是五台山的标志

五台山寺院分为青庙和黄庙。青庙亦称和尚庙，僧侣大都为汉族，一般穿青灰色僧衣，称青衣僧，五台山大部分寺院属于青庙。黄庙亦称喇嘛庙，信奉藏传佛教。五台山藏传佛教信教喇嘛均穿黄衣，戴黄帽，称黄衣僧。明永乐年间，五台山始有青庙改成黄庙，汉喇嘛由此产生。现在，五台山有黄庙 8 处，即菩萨顶、罗睺寺、广仁寺、万佛阁、镇海寺、广化寺、观音洞、上善财洞。

每年农历四月初四是文殊菩萨圣诞日，五台山会举行盛大的佛事活动。另外，菩萨顶自今还流行着传统的六月法会：藏舞——跳鬼。据说，六月法会是清朝康熙皇帝下旨开创的，目的是驱邪气，祈吉祥，喇嘛们称为“风调雨顺、国泰民安大道场”。

六月初六至十五，全山喇嘛齐集菩萨顶文殊殿前院，每天诵经奏乐四次，为期十天，最后两日即农历六月十四、十五进入高潮，举办俗称为“跳鬼”或“跳布扎”的金刚舞活动。六月十四日，全山的喇嘛们头戴各种脸谱面具，身穿各种衣装服饰，扮成菩萨、金刚、鬼怪等模样，口念护法经，身跳金刚舞，在菩萨顶“镇魔”；十五日，又在罗睺寺“跳鬼”，并出来绕街转迈。

五台山古刹鳞次栉比，殿宇巍峨

“五台”代表五种智慧

五台山是佛教圣地，是文殊菩萨道场。《华严经·菩萨住处品》说：“东方有处名清凉山，从昔以来，诸菩萨众，于中止住。现有菩萨文殊师利，与其眷属，诸菩萨众，一万人俱，常在其中，而演说法。”《文殊师利宝藏陀罗尼经》亦说：“尔时世尊，告金刚密迹菩萨言：我灭度后，于此瞻部洲东北方，有国名大振邦，其国有山号曰五顶，文殊童子，游行居上，为诸众生，于中说法。”

五台山的寺庙具有悠久的历史，东汉永平年间（公元58—75年），汉明帝曾派使臣往天竺取经，使臣回国，在洛阳建白马寺，翌年，在五台山建寺。盛唐时期，五台山佛教的发展出现了第二个高潮，这期间据《古清凉传》记载，全山寺院多达300所，有僧侣3000余人。历史上，印度、尼泊尔、朝鲜、日本、蒙古、斯里兰卡等地的佛教信徒，来此朝圣求法的甚多。

五台山与浙江普陀山、四川峨眉山、安徽九华山并称为中国四大佛教名山，分别供奉文殊菩萨、观音菩萨、普贤菩萨、地藏菩萨。五台山以其建寺历史之悠久和规模之宏大，而居中国佛教四大名山之首，并与尼泊尔蓝毗坭花园、印度拘尸那迦、印度鹿野苑、印度菩提伽耶，并称为世界五大佛教圣地。

五台山五座主峰的台顶，据说代表着佛的五种智慧：大圆镜智、妙观察智、平等性智、成所作智、法界体性智，以及五方佛：东方阿閦佛、西方阿弥陀佛、南

五彩“佛光”普照五台山，是五种智慧的象征

方宝生佛、北方不空成就佛、中央毗卢遮那佛。

按我理解，这五种智慧和五方佛代表的是宇宙能量的聚焦点，也代表着宇宙的基本元素“金、木、水、火、土”五行，由这五种智慧五方佛“五行”可演化出千种智慧和无数的大千世界。

五台山显通寺有一座千钵文殊殿，内供奉着千钵文殊铜像，其高达5.4米，系明代万历九年所塑。这尊铜像造型奇特，上叠5个头像，面含聪慧，美而不俗，胸前有6只巨手，其中两只捧着一个金钵，每个金钵内坐着释迦牟尼坐像，铜像背后向四周伸出一千只手，每只手上都有一个金钵，每个钵内都有一尊释迦牟尼佛。所以，这尊铜像又被叫做千臂千钵千释迦文殊像，代表着文殊菩萨一人汇聚了千位佛陀的智慧，代表着无穷无尽的智慧。

文殊菩萨是天然的瑞相，是大千世界的化身

最下面的两只手，一手摇着铜铃，一手拄着一柄金刚杵。铜铃与金刚杵均为法器，“法”者天道之法则也，以此警示世人应迷遁知返，遵循天道行事。

我想，文殊菩萨一千只手代表着大千世界，但归根到底还是“法”或“道”的化身，万变不离其宗，一千只手同根同源，“本是同根生”。

文殊菩萨就是大千世界、无边无际智慧的化身，是“法”，是“道”，是宇宙的本源。大千世界、无穷无尽的智慧都归于“佛”，归于“道”，归于“易”，归于宇宙的本源。

“佛钟”是智慧之源，敲响一下，人“心”就会震动，就会产生“智慧”

五爷庙上“五龙”现

五爷庙香火鼎盛，颇负盛名

庙内建有供五龙王观戏的戏台

文殊菩萨为佛陀释迦牟尼的左胁侍，和佛陀、普贤菩萨合称“华严三圣”。文殊菩萨生于舍卫国多罗聚落，为梵德婆罗门家族，传说从母亲的右胁出生，身体紫金色，刚生下来就能够说话，因有慈爱之心，后随释迦牟尼佛出家，成为佛的大弟子，帮助佛化度芸芸众生。

文殊菩萨的形象，通常是手持慧剑，骑乘狮子，表示智慧威猛，比喻以智慧利剑斩断烦恼，以狮吼威风震慑魔怨。文殊菩萨因智慧第一、辩才第一，故专司佛的智慧，有“大智文殊”的尊号。

五台山原先叫紫府山，也叫五峰山。传说，远古时代的五峰山一带气候异常恶劣，常年酷暑，当地百姓苦不堪言，在此传教的文殊菩萨，决心要改变这里的气候，造福人间，于是他变成一个化缘的和尚到龙王那里去借“歇龙石”。

传说歇龙石是东海的海底中一块清凉无比的大青石，青龙每天工作回来后都在上面歇息纳凉。文殊菩萨来到东海，见龙宫外面果然有一块大石，未到跟前，已感到一股凉气扑来。文殊菩萨进了龙宫见龙王，说明来意。龙王想这巨石重达万斤，一个老和尚无论如何也运不走，于是说：“如果你能抬得动就送给你。”

没想到，文殊菩萨来到歇龙石跟前，口念“真言”，瞬间巨石变成了弹丸小石。文殊菩萨将其塞进袖内，便施礼告别而去。

文殊菩萨回到五峰山，把歇龙石安放在一条山谷里，顿时五峰山酷热的天气

变作无比清凉，五峰山也变得风调雨顺，成为避暑胜地。于是，这条山谷命名为清凉谷，后人又在此建了一座寺院，叫清凉寺，并把那块歇龙石放到清凉寺，这块石被称为清凉石。如今清凉寺虽已破落，但那块清凉石还在。该石长 5 米，宽 2.5 米，人躺上去也倍感清凉。

龙王的 5 个儿子回来发现歇龙石被文殊菩萨带到五峰山后，非常生气，于是腾云驾雾来到五峰山，把五座山峰削成五座平台，要讨回清凉石。但文殊菩萨法力无边，降服了五个小龙王，并让他们分别镇守这五座台顶，专管五峰山的耕云播雨，保障五峰山风调雨顺，造福当地百姓。

后来，隋文帝听说此事后，便下诏在五座山峰的台顶各建一座寺院供奉文殊菩萨，分别为东台顶的聪明文殊，西台顶的狮子吼文殊，南台顶的智慧文殊，北台顶的无垢文殊，中台顶的孺童文殊。这就是五台山的由来。

人们为感激五个小龙王，于是建五爷庙以供奉。五龙王居于殿内正中，左侧为大龙王、二龙王、龙母，右侧为雨司、三龙王、四龙王。为取悦于五个龙王，庙内建有供五龙王观戏的戏台。五爷庙创建于明代，重修于清代，现时殿宇多为清代所建。

按我理解，东、西、南、北、中这五台文殊，以及五个小龙王，其实代表着五种智慧、五种法则，也代表着宇宙间五种自然能量，即“金、水、木、火、土”五行，五行相互作用，形成一种平衡稳定的力量，使五台山成为人间福地。

说起五台山和五个小龙王的“灵”性，我当时到五台山旅游，天空晴朗，当我从五爷庙出来，天空中有几只小龙模样的祥云挂在天上，尽管不是说真有“五龙”现身，但天空祥云飘飘，也有着吉祥灵气的意境。

当然，文殊菩萨变成一个化缘的和尚到龙王那里去借歇龙石放到山谷，使五台山变作无比清凉，这是一个美丽动人的传说。其实，大自然鬼斧神工，沧海桑田，山移倒海，文殊菩萨和龙王就是大自然神奇力量的化身。

五爷庙上空仿佛有“五龙”在飞舞

菩萨顶菩萨露“真容”

五台山菩萨顶坐落在五台山中心区灵鹫峰顶，传说是文殊菩萨居住、说法、演教的地方，故称菩萨顶。菩萨顶是五台山 8 座黄庙（喇嘛庙）中的首庙，其建筑雄伟、金碧辉煌，具有皇宫特色。全寺占地 9100 多平方米，有殿堂楼房 110 多间，布局结构紧凑有序。

菩萨顶的寺名叫“大文殊寺”，俗称“菩萨顶寺”，寺内供奉着五台山最高的文殊菩萨像，其高达 9 米。

菩萨顶又名“真容院”，相传唐太宗贞观五年，有个僧人想塑一尊文殊像，可不知道塑何职文殊。一天夜里，他从长明灯下的蓝光中隐约见到一尊文殊菩萨像，后来众人祈求菩萨显身，忽于云际显现金像，于是依图模塑成佛像，因此又称菩萨顶为真容院。

五台山菩萨顶历史悠久，到了清朝，菩萨顶成了皇室的庙宇，地位极其尊贵。顺治十七年（公元 1660 年），菩萨顶由青庙（和尚庙）改为黄庙（喇嘛庙）。康熙皇帝先后到菩萨顶朝拜了 5 次，乾隆皇帝朝拜了 6 次，均在菩萨顶住宿，并撰写碑文。在东院过厅和后院，有两座汉白玉四棱柱碑，碑身四面分别刻有汉、蒙、满、藏 4 种文字所书的碑文，均为康熙帝手书。

菩萨顶传说是文殊菩萨说教的地方

传说文殊在菩萨顶现“真容”

康熙二十二年（公元1683年）春，康熙皇帝敕命“改覆本寺大殿琉璃黄瓦”，菩萨顶寺院参照皇制式营造，殿宇上覆盖黄绿蓝三色琉璃瓦，体现出其崇高的地位。

大雄宝殿是菩萨顶的主殿，寺内重要佛事活动一般都在这里举行，内供释迦牟尼、阿弥陀佛、药师佛和十八罗汉。

大雄宝殿是菩萨顶主殿

文殊殿内正面塑像三尊，正中是文殊菩萨，左为观音菩萨，右为普贤菩萨，合称“三大士”。这座殿后檐有一块檐瓦在一年中，春、夏、秋三季滴水不断，故文殊殿又被人称为“滴水殿”，时间长了，文殊殿前的一处阶石上面滴成了蜂窝状。

有人说，这是文殊菩萨灵验，广施雨露的缘故，也有“智水长流，永扫愚昧”之意。据说，康熙皇帝当年看见滴水穿石的美景后，龙颜大悦，便挥笔书写了“五台圣境”四个字。以前游山者每到此，以手接水洗面，以嘴接水洗心。洗心革面，以洗掉悔气，迎来吉祥。

菩萨顶内天王殿

菩萨顶位于灵鹫峰上，从峰下仰望，菩萨顶前有108级陡峭的石阶，如同悬挂在空中的天梯。

按佛家说法，人间有108种烦恼，把解脱烦恼之道称为“法门”。踏上一级台阶，就意味着跨入一个法门，消除一种烦恼，踏上108级台阶就是把人间所有烦恼都踩在脚下。

望着菩萨顶前108级石阶，我想，人来到世间就是一个不断产生烦恼的过程，面对烦恼，有的人灰心丧气，有的人以平常心待之。

其实，天地滋养众生，何尝要众生去受苦和产生烦恼，痛苦和烦恼是自找的，这主要来源于人有着无穷无尽的欲望。

跨一步，海阔天空。踏上了108级台阶，把烦恼和痛苦都放诸身后，放下包袱，就可重新轻装上路！

文殊殿又称滴水殿

康熙在菩萨顶结良缘

民间传说，清康熙皇帝在菩萨顶有一段风流韵事。康熙皇帝有一次宿于菩萨顶，曾骑马闲逛，路过营坊街，见一名叫梅枝的民女正在碾米，长得像梅花一样俊俏，康熙情动于衷，于是咏诗一首：

“骑骏马，过皇庄，遇一女子碾黄粱。玉指杆头托，金莲裙底忙。轻起笤，慢簸扬，回道辄步整容妆。汗流粉面花含露，尘指娥眉柳带霜。可惜这般风流女，嫁与谁家田舍郎？”

康熙皇帝写罢，将诗稿置于书案之上，后内侍太监发现，猜知帝意，于是夜访梅枝，召宿于菩萨顶皇城。

梅枝一宿怀孕，为康熙皇帝生了一个儿子名叫宫云。宫云长到17岁时，康熙皇帝授其一柄斩杀剑，让其当了菩萨顶的大喇嘛，赐予提督印等特权，称“当朝一品”。梅枝亦被封为妃子，住在菩萨顶下的妃子寺。

听了菩萨顶的导游说康熙皇帝在菩萨顶的爱情故事，我想，康熙皇帝情动于民女梅枝，这是一种“缘”，世间万事万物都讲求缘分，以佛家来说，就是“缘起”。

人与人的区别，包括人生际遇，其实就在于“缘”的不同，包括“前世”的“缘”，和“今世”的“缘”，以及“来世”的“缘”，而只有“今世”当下的“缘”是可以把握的。

如果真的如佛教所说，人有前世，有来生，那么这“今世”的“缘”在一定程度上，就能改变前世“缘”的影响，而影响“来世”的“缘”。

人间有108种烦恼，解脱烦恼之道称为“法门”

生命起点和终点的结局是相同的，而过程是精彩的

我们要好好珍惜和把握“今世”的机缘，完成“今世”机缘所带来的人生使命，那么我们这一趟尘路就不会白走。

尽管，我们只是大自然虚空世界的一棵“棋子”，尽管“缘起”“性空”，缘起缘尽，尽管一切都是“过眼云烟”，但这“缘”却是宇宙存在的价值和意义，宇宙正是因为“缘”的存在而存在，所以“缘”是伟大的。

“缘”是事物之间的相互联系，是一种能量的联系，是大自然周而复始、运转不息的内在动力。宇宙的真谛就是一个“缘”起“缘”尽的过程，这个过程就是不断重复着由“起点”到“终点”，再到“起点”的过程。起点和终点的结局往往在一定程度上是相同的，但过程却是精彩的、本质的东西，这过程就是宇宙的真谛，宇宙的“秘密”。

人生也如是，把握好“今世”的机缘，好好享受生命所带来的乐趣比什么都重要！如果回避生命的辉煌时刻，就犹如一个人处于生命的起点去谈死亡，那还有什么意义呢？

尽管每个人遇到的“缘”不同，而导致每个人的人生轨迹各不相同，但“佛”性是平等的，相同的，遵循真、善、美之道，同样活得精彩。康熙有康熙的精彩，我们也有自己的精彩。

菩萨顶是五台圣境

把握好『今世』的机缘，就是生命的意义

文殊赴斋施发示平等

五台山有一座高大的白塔，是五台山的标志，其位于塔院寺内。大白塔是释迦牟尼舍利塔，俗称大白塔。古人称誉此塔：“厥高入云，神灯夜烛，清凉第一胜境也。”

这座塔建于明代万历年间，全部用米浆拦和石灰砌筑而成，由须弥座、塔身、塔刹三部分构成，塔高 56.4 米，其中铜质塔刹高 4.43 米，塔身高 50.27 米，须弥座高 1.7 米。塔身四周，遍挂风铃，共有 252 个。塔基为正方形，塔身状如一个宝瓶，全身白色，洁白无瑕。塔顶盖铜板八块成圆形，按乾、坎、艮、震、巽、离、坤、兑等八卦方位安置。

大白塔是朝圣佛教信徒心目中的偶像，蒙藏族佛教徒到五台山，首先要朝拜的就是大白塔。塔院寺除了著名的大白塔，还有一个文殊发塔，塔的形状和大白塔相仿，但没有大白塔高。文殊发塔有一个来历：

据《清凉山志》记载，传说在北魏年间，每年三月庙会，设“无遮斋”，不分僧俗，不别贵贱，不分男女老幼，凡是赴斋者，都给饱餐一顿。

有一次庙会中，一个衣着破烂的女人，怀抱一婴，携带一小孩，身后还跟着

文殊空中吟道：“无二无分别，究竟如虚空。”（善财洞壁画）

一只狗，入寺以领斋饭。她身无分文，便剪下头发以作为施舍。

此时，众人尚未领用斋，她对主事僧说：“吾有急务，遽就他行，请先分我食。”僧人给了她三份斋饭，她又说：“吾犬亦当得食。”

僧人勉强又给了她一份。这位女子又说：“我腹中有子，仍须分食。”僧人愤怒地说：“你求斋食无厌，腹中之子还没出生就要分食，你真是贪婪啊!”

女子被僧人呵斥，口中便念道：“苦瓜连根苦，甜瓜彻蒂甜，三界无著处，致使阿师嫌。”吟罢，跃身腾空，显现文殊菩萨相，犬变成绿毛狮子，婴儿和小孩变成二天童子，文殊菩萨于云光缥缈处又吟偈道：“众生学平等，心随万境波。百骸俱舍尽，其如憎爱何！”

此时，寺院内外上千信众赶紧向天礼拜：“大圣，愿示平等法门，我等奉行。”空中吟偈道：“持心如大地，亦如水火风。无二无分别，究竟如虚空。”

分饭僧人自恨不识真圣，取刀欲剜其目，众人阻之。后来寺庙僧人将贫妇舍下的头发当做舍利建塔埋藏。这就是流传的文殊赴斋施发的故事。

《清凉山志》还有一段记载：“万历初，主僧园广重加修饰，塔下掘得圣发数绺，其色如金，视之不定。塔在大塔院寺东侧。”由此可见，塔下确有圣物。

“文殊施发”的故事说明了一个道理，就是万事万物都存在着联系，看问题要全面。

大白塔是释迦牟尼舍利塔，是朝圣的偶像

大白塔旁有文殊发塔

“文殊”空中吟偈道：“持心如大地，亦如水火风。无二无分别，究竟如虚空。”这是说天地虚空法度，万物无二无分别，有别的只是人的内心。这就是“平等法门”。

贫妇、婴儿、小孩、狗、腹中子，在佛性面前皆是平等。天地虚空法度，万物无二无分别，这就是大道。

在一定程度上，人生的机会与挑战并存，人人皆平等，众生皆平等。从佛教角度说，这种平等还体现在众生的“六道轮回”流转中，以及前世、今生、来世之中。

“应无所住，而生其心”，放下六道轮回有区别心的“所住”，觉悟到众生是平等的，均具有同等无区别的“佛性”，才会最终跳出六道轮回的“因果”执著，“永脱轮回”，融入到大自然的“因果”大法则中，“与天齐寿”，就像一滴水，如何才能永远不干，就只有融于大海之中。

黛螺顶登上大智路

五台山东台顶延伸下来有一个小山峰，叫黛螺顶，垂直高度只有400米，因从山顶往下看，山下像一个倒扣的大海螺，而盛夏时候，山上树木郁郁葱葱，呈墨绿色，所以叫黛螺顶！

黛螺顶亦名大螺顶，又名青峰顶，是一处寺庙，古寺名叫佛顶庵。这处寺庙始建于明代成化年间（公元1465—1487年），万历年间重修，清乾隆十五年（公元1750年），改名大螺顶，乾隆五十一年（公元1786年），更名为黛螺顶。

登上黛螺顶要登1080级台阶，1080级台阶也称做“大智路”，这主要是寺内以大智文殊为主供。

佛教将佛与众生分为10大类，总称为十界，十界也称六凡四圣。十界各有“百八”，合起来就是1080。登上1080级台阶，寓意消除世间1080种烦恼，同时也增添无穷的智慧和福泽。

黛螺顶坐东面西，占地3000平方米，内有殿堂僧舍48间，中轴线上由西向东依次有天王殿、旃檀殿、五文殊殿和大雄宝殿。

寺内中殿檐台下左侧立有乾隆十五年冬御制的大螺顶碑记，该碑对大螺顶作

从黛螺顶往下看，山下像倒扣大海螺

五方文殊殿，一次能朝拜五尊文殊

了较详细的叙述。碑背面有乾隆五十一年登黛螺顶御笔题诗：“峦回谷卷自重重，螺顶左邻据别峰。云栈屈盘历霄汉，花宫独涌现芙蓉。窗前东海初升日，阶下千年不老松。供养五台曼殊像，者黎疑未识真宗。”

黛螺顶寺内把东、西、南、北、中五座台顶文殊菩萨的五种法像集中塑在一起，来到这里也就等于上了五座台顶，一次就能朝拜五尊文殊菩萨，所以就叫“小朝台”。人们常说：“不登黛螺顶，不算朝台人。”

五台山五台顶代表着文殊菩萨五种智慧

黛螺顶亦名大螺顶，又叫“小朝台”

登上黛螺顶要登 1080 级台阶『大智路』

善财洞里智慧路

善财洞（上院、下院）沉积着历史文化底蕴

台上圣迹善财洞

五台山自然风光旖旎，是自然人文胜景。这里五峰耸立，台顶雄旷，佛塔摩天，既有气势宏大诸寺之首的菩萨顶、堪称五台山标志的塔院寺，又有集五台殊胜于一体的黛螺顶。在众多如诗如画的胜景中，我对善财洞情有独钟，这里沉积着历史的文化底蕴、动人的传说。

五台山善财洞寺位于营坊村的山坡上，分上下两院。善财洞寺背倚黛螺顶，面临清水河，碧树掩映，景色优美。穿过善财洞的普度小桥，一眼望去是青瓦红墙的长长走廊，倍感祥和、安静与神圣。

走过一段红墙路，迎面而来的是红墙黄瓦的拱门，拱门上刻着“善财洞”三个字，为中国佛教协会原会长赵朴初所书。

善财洞为黄庙，据说，当时的下院，曾作为皇家朝山的驻地，清朝康熙、雍正、乾隆、嘉庆四代皇帝共 12 次巡礼五台山。

善财洞上院处在悬崖峻壁的山坡上，创建于清乾隆年间，岩洞内曾掘出文殊、弥勒、善财童子铜像三尊，系唐代遗物。因悬崖上有石洞，寺因此称为“善财洞”。传说善财洞是善财童子拜见文殊菩萨的圣地。

上院建有主供善财童子的大殿，殿左侧为掘出善财等三尊铜像的岩洞，当地僧众认为这是善财童子修炼养性之地，因此“善财洞”被称为“台上圣迹”。上院地势陡窄，岩壁上砌数丈高的院台基，上筑红围墙，犹如黛螺顶下的一条裙带。

善财洞现存建筑以下院为主，是主寺，其建于清光绪年间。下院坐东向西，中轴线自西向东依次是大门、戏台门、大雄宝殿、弥勒殿，两侧是禅堂、僧舍，布局平整庄严，弥勒殿后是成群的佛塔。

善财洞曾是皇家朝山的驻地

善财童子“五十三参”

善财洞大雄宝殿内正供“华严三圣”，主尊是释迦牟尼佛，两侧侍立着文殊、普贤二菩萨，外侧为十八罗汉；殿背面主塑观音菩萨，善财、龙女这一对童男童女胁侍在两旁。

善财洞是善财童子修炼养性之地

龙女在佛教中传说是娑竭罗龙王的女儿，8 岁时在龙宫偶听文殊菩萨讲“法华经”，豁然觉悟，遂去灵鹫山礼拜佛陀，以龙身成就佛道，其得道简便快捷。

一次，智积菩萨驳斥她说：“菩萨当需累劫修行。”而号称“智慧第一”的舍利弗也说：“汝不久得无上道，是事难信，所以者何？女身垢秽，非是法器。云何能得无上菩提？”

龙女立刻拿出一颗价值三千大世界的宝珠，献给佛陀，佛陀接了宝珠，龙女问：“佛陀接宝珠快不快？”回答说：“快极了。”龙女说：“成佛也是这么快。”说完龙女马上变成男相，飞往南方无垢世界去了。龙女成佛后，为了方便教化众生便在观音菩萨身旁做了胁侍。龙女成佛，体现了男女平等的佛性。

龙女顿悟得道成佛，而善财童子参访五十三位善知识渐修成佛，他们胁侍在观音菩萨旁，体现了佛家顿悟和渐修的两种修习方法。

在民间，“善财童子”是招财的童子，代表着对财气的期盼，也有着君子爱财，要取之有道，善于理财的寓意。

在佛教经典中，善财童子是一个舍弃金钱财产，追求大道，参访了五十三位善知识而成就佛道的圣者。

《华严经》传说是释迦牟尼佛觉悟后最先传教的经典，《华严经》曰：“文殊师利在福城东住庄严幢娑罗林中，其时福城长者子有五百童子，善财其一人也，善财生时，种种珍宝自然涌出，故相师名此儿曰善财。”

善财为文殊菩萨曾住过的福城中长者五百童子之一，由于前生善因缘的果报，因此当他初住母胎之时，他家里就自然而有七大宝藏。他出生之时，家中自然涌现许多奇珍异宝，出现五百宝器，因此他父母给他取名为“善财”。

当善财长大之后，有一天，文殊菩萨正在觉城弘法，善财前去听讲而受到文殊菩萨的教化，于是看破红尘，视财产如粪土，发起菩提心，发誓修行，直到成佛。他虚心请求文殊菩萨教导他奉行大乘普贤行的方法，文殊告诉他：“你要学习普贤行，最基本的方法，就是参访善知识。”

文殊菩萨指点他说：“善财！对于善知识，应该将心力集中在他的德行、特长上，去效法他的优点，而不要去评判、挑剔他的过失、弱点，这就是参访的第一要义。”

于是，善财沿着南方而下，历访各处的善知识。他共游历了一百一十个城市，参访了五十三位善知识，包括菩萨、比丘、比丘尼、优婆塞、优婆夷、童子、童女、夜天、天女、婆罗门、长者、医师、船师、国王、仙人、佛母、王妃、地神、树神等，听受种种法门，创造了佛经中“善财童子五十三参”的佳话。

后来，善财接受弥勒菩萨的教诲，并回到普门城，终至普贤菩萨道场。善财见到普贤菩萨的瑞相和光明遍照法界与虚空，灭却一切众生的苦难，使他长养菩萨的善根，得十种智波罗蜜。

最后，善财获得普贤菩萨的摩顶赞叹，并在观察普贤菩萨的清净法身中，自觉已经和菩萨融为一体，一同在十方一切世界中教化众生。善财童子终于完全证得普贤菩萨的广大行愿，不久与诸佛平等，得到一切不可思议的解脱自在，证入无生法界。

善财洞弥勒殿

黄智华

“一无所有”到“无所不有”

《华严经》说：“婆罗门中，善明相师，字曰善财。此童子者，已曾供养过去诸佛，深种善根，常乐清净；近善知识，身、口、意净；修菩萨道，求一切智；修诸佛法，心静如空，具菩萨行。”

善财童子“五十三参”即身成佛的事例，为后世信众学佛，包括人们追求学习知识，树立了一个典范。所谓“三人行必有我师”，每个人都有其长处，皆可为我师，集一切智慧而成就事业。

佛经说，人身难得，佛法难闻，明师难遇，善知识难求。于是古往今来，许多学道者就像一片浮云在广阔的天空中飘荡，到处拜师游学，撷取众家之长，在辩论机锋刹那间顿然开悟，同时万物就是“大道”的化身，在山水云游之中去感悟大道的真谛和智慧。

佛教经典《仁王经》中提到，“一弹指六十刹那，一刹那九百生灭”，算得事相的生成消灭率为每秒216000次。人生苦短，人身难得。在有限的生命中，

成就了“大道”就“无所不有”（善财洞佛塔）

要成就无限的生命境界，就要有所取舍。

善财童子视金钱财富如粪土，因为他知道，金钱财富并不是永恒的，随时都会变得一无所有，而修得大智慧，成就“大道”成为“神”后，天下世间都拥有了，自然也就是拥有天下“财富”的“财神”了！

望着善财洞善财童子的塑像，我想到，善财童子正是舍弃了金钱财富，而成就了“大道”，这从“一无所有”变成了“无所不有”，这也是《金刚经》所说的“应无所住而生其心”也。无所住了，大智慧才会产生。

拥有大智慧就是了悟宇宙人生的真相，真正与宇宙相融通！古往今来的那些修行者，追求成就仙佛道者，追求的正是把有限的财富、有限的生命，变为拥有无穷的“财富”、无限的“生命”，而成就“大道”，达到与宇宙同呼吸，与宇宙同体的境界，也就拥有整个宇宙时空，无始无终，这便成为仙和佛。

“仙”和“佛”，其实就是宇宙时空的化身，一种虚空的法度和无上的宇宙大智慧。

古时，皇帝拥有世间财富和臣民，“普天之下，莫非王土，率土之滨，莫非王臣”，但对仙、佛是敬畏的，因为仙、佛主宰着宇宙，是宇宙时空，是大自然的化身，代表的是一种虚空的法度，众生违反了这种法度就会受到仙和佛大自然的惩罚。

学会舍弃，随“缘”当下（五台山殊像寺）

善财童子学道成道的故事对我们日常生活也有启发。日常生活也是一个不断修行觉悟的过程。有舍才会有得，不舍不得，没有付出就不会有收获。

有时候要学会有所舍弃，只有学会有所舍弃，学会舍弃诱惑，才能卸下人生的负担，才能轻装前行，走适合自己的路，才会有更大的收获。

学会舍弃，在舍得之间，达到一种和谐，这是一种生活哲学，一种生命的境界。

仙佛是宇宙时空的化身（五台山殊像寺望佛亭）

顺治皇帝的《出家偈》

传说五台山善财洞不仅是善财童子拜见文殊菩萨的圣地，也是清朝顺治皇帝出家修行的地方。

顺治皇帝福临是满族入关后的第一个皇帝。顺治皇帝福临自小受其母亲孝庄皇太后的影响而喜好修佛，顺治十四年（公元1657年），19岁的顺治皇帝召见了佛教高僧憨璞聪，从此迷上了佛教。据“憨璞禅师语录”记载：

“顺治十四年十月初四，召对万善殿。上问：从古治天下，皆以祖祖相传，日对万机，不得闲暇。（朕）如今好学佛法，从谁而传？对云：皇上即是金轮王轮世，夙植大善根，大智慧，天然种性，故信佛法，不化而自善，不学而自明，所以天下至尊也……”

这是顺治皇帝与出家僧侣初次接触谈论佛法的记载。

后来南方高僧玉林琇、茆溪森等先后应召至京，在宫中大谈佛理。顺治皇帝还请玉林琇为他起了法名“行痴”，号“行痴道人”。

顺治十五年（公元1658年）正月，顺治皇帝宠妃董鄂妃所生的唯一皇子只活了3个月便夭亡了，为此，董鄂妃伤悼成疾，于顺治十七年八月十九日突然病死。

传说董鄂妃去世使顺治皇帝万念俱灰，看破红尘，感痛生命的无常，于是他决定不当皇帝而到五台山出家。据传他在善财洞上院正殿山墙上写下一首《出家偈》（归山词）：

“天下丛林饭似山，钵盂到处任君餐。黄金白玉非足贵，唯有袈裟披最难。朕为山河大地主，忧国忧民事转烦。百年三万六千日，不及僧家半日闲。来时糊涂去时迷，空在人间走一回。未曾生我谁是我？生我之时我是谁？长大成人方是我，合眼朦胧又是谁？不如不来亦不去，也无欢喜也无悲。悲欢离合多劳意，何日清闲谁得知。世间难比出家人，无牵无挂得安闲。口中吃得清和味，身上常披百衲衣。五湖四海为上客，逍遥佛殿任君嘻。莫道僧家容易做，皆因累世种菩提……”

有导游说，原山墙的《出家偈》无标点符号，是顺治皇帝所书写，后随善财洞上院的被毁而消失。

“天下丛林饭似山，钵盂到处任君餐”，“百年三万六千日，不及僧家半日闲”，偈中流露出顺治皇帝的出世遁隐之心。

出家人手托一只钵盂，随心所欲，云游天下，以天下为家，以天下丛林为食，就像天底下的一只蚂蚁、一只飞鸟，自由自在。“世间难比出家人，无牵无挂得安闲”，这样的生活和境界，怎不令人倾羡、神往和陶醉！

顺治皇帝在紫禁城养心殿内万念俱灰决意出家

有史料记载，顺治十七年八至十月间，清帝顺治决意出家，并剃了头发，但出家未遂。而爱子、宠妃的相继病亡，顺治皇帝身心受到巨大的打击，后来又染上了天花，顺治十八年（公元1661年）正月初七日子时崩于紫禁城内的养心殿，距董妃之死不到半年，享年仅24岁。

顺治皇帝福临自小受母亲影响喜好修佛（北京紫禁城乾清宫）

一个拥有天下的皇帝，对爱人竟有如此的痴情爱意，甚至比寻常百姓家来得更多的执著。也由于有着这一执著，使顺治皇帝体会到生命的无常，以致他在《出家偈》中写道：“来时糊涂去时迷，空在人间走一回。”

究竟顺治皇帝是因董鄂妃去世，万念俱灰而出家，还是因天花而死，究竟这《出家偈》是否真的是顺治皇帝所书写，这些都不必去细究，因为这都是令人回味无穷的动人故事。

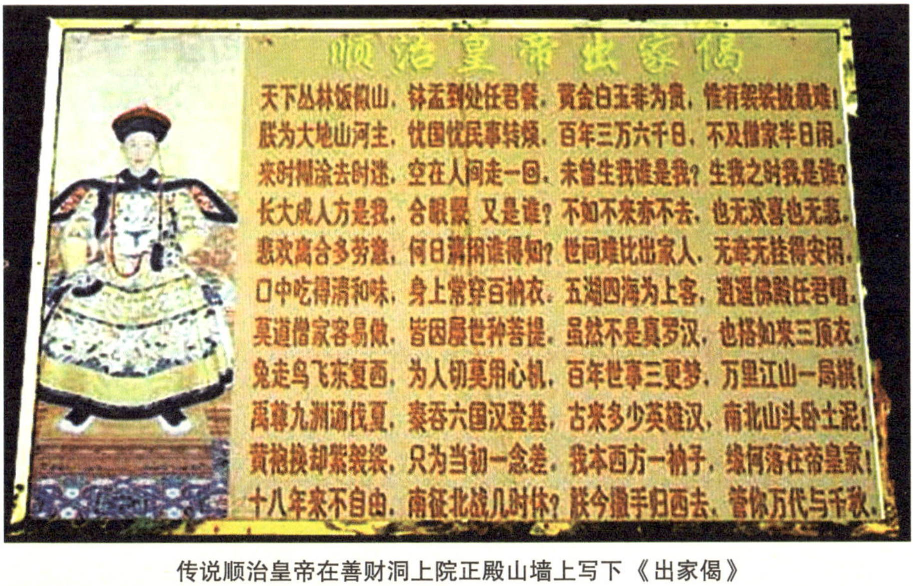

传说顺治皇帝在善财洞上院正殿山墙上写下《出家偈》

顺治五台山出家之谜

顺治皇帝离世后，民间有康熙皇帝游巡五台山寻父之说。传说康熙皇帝第一次到五台山朝圣，在菩萨顶听见一位喇嘛吟诵《出家偈》这偈子，于是打听这偈子的出处，原来是痴真和尚所写。据那位喇嘛所讲痴真年龄及长相，康熙皇帝认定痴真即是其父皇顺治，后来在善财洞发现了书写于山墙上的这首偈子，即令随从拓印下来带回京城，孝庄文太皇太后从字体上认定，确系顺治皇帝所书。

顺治皇帝曾在五台山临时出家

顺治皇帝抛弃江山追寻佛法，这是一大壮举。古印度的迦毗罗卫国（今尼泊尔境内）悉达多王子放弃荣华富贵，出家修行，而得到证悟，世人尊称之为释迦牟尼佛。

顺治皇帝福临如果真的如传说中那样，放弃皇位到五台山出家，或许也会像佛陀那样得到证悟，脱离苦海到达彼岸——佛的境界。

我参观了善财洞后，在寺院斋堂拜访了善财洞寺住持能修和尚。进入善财洞寺之前，我曾听人说，善财洞寺住持能修和尚出家前是一位大首长的警卫员，后来因故感慨世事无常，终看破红尘而遁入空门。后来我问能修和尚这是否属实，他没有正面回答。

其实，这不回答也算是回答了问题，因为出家后的能修和尚已不是出家前的那个“凡夫”“能修”了，之前的那个“能修”已经不存在了，这是否属实已不重要，因为出家前后已经不是同一个人了。对过去的也不用去执著，留守。

在我看来，不管怎样，看样子年近七旬的能修和尚，是有着军人般的豪爽和干练。

对我的来访，能修和尚很热情接待，我送了所著的《大道行踪》一书给能修和尚，能修和尚边看边说，能把旅游与佛家、道家文化相结合起来，“善哉！

善哉！”

能修和尚回赠了开了光的观音玉配和弥勒佛玉配给我，我双手合十表示感谢。对关于善财洞的一些疑团如顺治皇帝的出家、僧人的修行等问题，能修和尚也给了我满意的解答。

我：“顺治皇帝真的是在五台山出过家吗？善财洞上院原山墙上的《出家偈》是他写的吗？”

能修：“清朝的皇帝往往都会临时出家，定期到寺庙修行。顺治皇帝曾在五台山临时出家是事实，善财洞上院原山墙上的《出家偈》是他写的，那是顺治皇帝第九次游五台山拜文殊菩萨时在山墙上亲笔书写的，该山墙被毁前，我见过，这首打油诗是用毛笔以仿宋字体书写的。”

我：“写有《出家偈》的原山墙是什么时候倒塌的？”

能修：“大概在 1982 年至 1983 年之间，山上房子倒塌了也使山墙毁了，那时僧人只好建造茅房居住。”

我：“顺治皇帝是患‘天花’而死的，还是放弃皇位出家呢？”

能修：“历史上，顺治皇帝因爱子夭折、爱妃董鄂妃去世而郁郁而终，于公元 1661 年 2 月 5 日（农历正月初七）死于北京紫禁城养心殿，是自然去世的。顺治皇帝境界清静，信奉佛教，常教育皇子要心系天下苍生，爱护百姓，倡导满汉一家，这与他平时的修行有关。他奠定了清朝入关问鼎中原统一天下的基础后，就飘然而去，完成了他的历史使命，回到他的理想天国中去。”

我：“您是什么时候到五台山出家的？”

能修：“我是 1976 年出家的，后来才到善财洞。”

我：“你们每天的生活是怎样呢？”

能修：“我们的生活很简单，但很快乐，每天吃点小米稀饭，有时是馒头和青菜。平时在固定时间集中在一起做功课，主要是念诵《妙法莲华经》、《金刚经》等经典。”

说着，能修和尚不自觉地默诵起《金刚经》来……

民间有康熙皇帝游巡五台山寻父之说

作者和善财洞寺住持能修和尚（右）

无上智慧的《金刚经》

在斋堂内，我看到有僧人在打点馒头和青菜，准备拿去蒸煮。我想，小米稀饭、馒头、青菜，诵经修行，这就是僧人简单而朴素的生活方式，其实简单而朴素却是天然的。

在世俗生活中，不少人花天酒地，为追逐名利而费尽心机，到头来往往得不偿失。在充满诱惑的都市生活中，有时需要像僧人简单而天然的生活那样，给自己一份自留地，一份清凉剂，留一份天然的本性、自性，斩断一些不必要的烦恼和欲望，做一回真正的自我，寻回本真，这样的人生才有天然的乐趣。

能修和尚所说的《妙法莲华经》、《金刚经》是佛教的重要经典。《妙法莲华经》简称《法华经》，是佛陀释迦牟尼晚年所说教法，被誉为“经中之王”，经典中宣讲不分贫富贵贱、人人皆可成佛，因而其内容是至高无上的大智慧。

的确，世间万物皆同源，如宇宙初开一片混沌，万物分不清你我，没有贵贱之分，万物皆兄弟姐妹，皆为手足，万物先天皆有佛性，皆是佛的化身，皆可成佛道。

《金刚经》全称《金刚般若波罗蜜经》，是禅宗所依据的重要经典之一。“金刚”即佛性，以金刚来比喻智慧之锐利、顽强与坚固，能断一切烦恼，“般若”即大智慧，“波罗蜜”即到彼岸、离生灭相。“金刚般若波罗蜜多”意思是说，只要有锐利、顽强、坚定的信念，靠着无上智慧的指引，就能够超越欲界、色界、无色界，最终到达涅槃寂静的彼岸。

《金刚经》是解脱烦恼、洗涤心灵的大智慧。自古至今，不知有多少人因为研究金刚经，念诵金刚经，得到开悟而最终成道。

《金刚经》上说：“凡所有相，皆是虚妄。若见诸相非相，则见如来。”“何以故？是诸众生，无复我相、人相、众生相、寿者相，无法相，亦无非法相。何以故？是诸众生，若心取相，则为著我、人、众生、寿者。若取法相，即著我、人、众生、寿者。何以故？若取非法相，即著我、人、众生、寿者。是故不应取法，不应取非法。”“我相即是非相，人相、众生相、寿者相即是非相。何以故？离一切诸相，则名诸佛。”

又说："是故，须菩提，诸菩萨、摩诃萨应如是生清净心，不应住色生心，不应住声、香、味、触、法生心，应无所住而生其心。""若心有住，则为非住。"

一切世间事物空幻不实，凡所有相，连山河大地，形形色色诸相，以至心中妄念所起诸法，都是生灭幻景，非有实体，不名实相。实相者即是非相，众生执著于四相（我相、人相、众生相、寿者相）而轮回不断。

修行者修行领悟佛法就是要达到不执著、离四相的境界，不住相，不执著于一切法，无所住而生其心，产生大智慧、大境界，证悟原始的佛性。《金刚经》所指出的不执著于相，无所住，是把个体与无限的宇宙相互融通成一整体。

人之所以产生烦恼，主要是心中有太多的奢望，影响人的思想和行为，需要"降伏其心"，不过分迷恋于色、声、香、味、触、法六尘的假合之相，保持清净纯明的本性之心，不执著于相，无所住。其实一切都是过眼云烟，空幻不实，诸相非相也。

要成道，除了修慧，《金刚经》还指出，财布施、法布施还是无畏布施，都不要著布施的相，既没有行布施的我，也没有受布施的人，更没有所布施的物，三体皆空，那样布施的福德才会像虚空一样辽阔无垠。布施，体现的是大慈大悲，是修福德。智慧福德的大圆满这便是"佛"。

当然，能最终成"佛"的是极少数，其实我们也不必对成"佛"太执著，太执著了，反而成不了佛道。众生天生本来就是"佛"，皆有佛性，皆是"佛"的化身，做好一个"天然本性"的自我，还回本真，也就有了"佛"的境界。

一个人产生欲望是本能的，也是正常的，但我"心"须通达，这通达之心是自然天性、平常之心，修"心"修的是自然天性、平常本善之心。

以平常心处世，在对财富名利的追逐中，要有自我主导的意识，不随波逐流，知足常乐，"众善奉行，诸恶莫做"，君子坦荡荡，"心"自然得到降伏，就能享受到天然的乐趣，这是超越一切的大智慧，也是佛道的境界。

《金刚经》就是『日规』，是无上智慧的指引（善财洞下院庭院）

诸恶莫做　众善奉行

“般若”是宇宙根本的大智慧，是真善美自然流露的智慧（菩萨顶“般若门”）

正在冥思之际，一声“阿弥陀佛”，突然门外一位信众走进来，打破了我的沉思。

我定了定神，接着问能修和尚：“大乘佛法把般若分为文字般若、观照般若、实相般若，即通过文字去感悟大智慧、领悟佛法，而感悟到的大智慧再通过‘定’中如修禅定或净土去观察感知真理，通过渐修后忽然间顿悟，明心见性，知五蕴本空，六尘非有，而明大道，证悟到宇宙的真相、本然状态，也就是宇宙万有的本源，悟得实相般若。作为修行者，除了修学文字上的佛法，修‘定’实现观照般若是必不可少的。据我所知，修定有多种，如禅坐、念佛、诵经、持咒、礼拜等。善财洞寺的信徒是修禅宗还是净土念佛，还是其他方式呢？”

能修：“我们这里修行，有修禅坐的，有修净土的，其实两者是可结合起来，禅净双修。善财洞寺是黄庙，也有的出家僧侣持咒（密宗）修‘定’，佛法虽有八万四千法门，但法无定法，每一法门到最后都归于‘定’，禅坐和净土都为了使心‘定’。如有的僧人先禅定后净土念佛，有的先净土念佛后禅定，目的是修心，把心修通。修‘定’是关键，外不着相，内不动心。安止于寂灭，于寂灭处，觉知清明。另外，修行持戒也是重要的，出家人讲戒律，在家人讲守法、守规矩，讲道德，孝养父母，爱护幼小等。”

我：“《楞严经》上说‘摄心为戒，由戒生定，因定生慧，是则名为三无漏学’，戒定慧分别对治人的贪、嗔、痴三毒，最终可以解脱烦恼、究竟涅槃。‘戒’是止恶修善，伏贪爱心。有了戒，守法守规矩，心才会收敛，有了‘戒’

并修福德，才能生‘定’，心才能‘定’下来，人才会有定力，心地才会清净善良。伏住烦恼，伏嗔恚心，息虑静缘，是为‘定’。修行重要的是修定，修定就是修清净之心，修善良之心，修利益一切众生的菩提心。因定而生慧，有了清净善良、大慈大悲之心，真正融通宇宙之道的大智慧才会产生。戒和定都是为获得‘慧’，慧是伏邪痴心，破惑证真，达到最终智慧解脱的涅槃境界。”

能修：“你讲得对，正是这样的。对修行者来说，修行是离不开‘戒定慧’的。戒定慧是为破解贪欲、嗔恚与愚痴三种烦恼。‘贪’是指染著于色、声、香、味、触等五欲之境，产生对事物无厌足地追求、占有的利欲之心，贪是修行的大敌，是产生一切烦恼的根本。

‘嗔’与贪刚好相反，嗔是由对事物，对众生的厌恶而产生仇视、怨恨、恼怒之心。这种仇视、怨恨、不安的情绪也是修行的大敌，这也是危害社会众生的根源。《大智度论》中说，嗔恚是三毒中最重的，其咎最深，也是最难治的一种心态。

‘痴’是指心性迷暗，愚昧无知。诸烦恼生，必由痴故。《俱舍论》中说：‘痴者，所谓愚痴，即是无明。’众生无明致‘人’、‘我’之分，于是产生我执、法执。修行目的就是要消灭无明，断灭痴愚，破惑证真。人生种种烦恼，世事种种纷争，皆为不明事理之故，由‘痴’而生。

佛教认为，贪、嗔、痴，此三者毒害人最剧，贪、嗔、痴三毒烦恼，为恶之所起，‘三毒’也是人类身、口、意等一切恶行的根源。这三毒及业力令众生不断在六道生死中流转。‘菩萨欲得净土，当净其心’，勤修戒定慧，息灭贪嗔痴，净化好自已的心灵和行为，能逐渐达到佛的境界。”

我：“对普通人来说，也要讲‘戒定慧’，也要戒‘贪、嗔、痴’，这其实就是讲‘真善美’，真善美与假恶丑、贪嗔痴是对立的。

‘真’就是坚守真理，遵循和不违背自然之道，返璞归真，‘抱道守真’，讲道德，有高尚的情操，戒不切实际的利欲贪假之心，这其实也就是讲‘戒’，一种自我的约束，以平常之心去化解贪假之心；

‘善’，在自我约束的基础上自发产生朴素的善良的本性之心，去除嗔恶，通过服务社会，行动‘布施’，以慈悲之心唤醒良知，化解恶怒怨恨之心，寻回本真，这就是讲‘定’；

有了‘真’和‘善’，‘戒’和‘定’，‘美’自然就产生了，这表现为符合自然之道和社会规范的美好的思想和行为，有了辨别是非黑白、善与恶、美与丑的能力，化解愚痴无知，就有了‘慧’。‘戒定慧’和‘真善美’的确是殊胜啊！”

能修：“是的，在家的普通人要遵纪守法，讲公德，心地善良，诸恶莫做，众善奉行，有辨别是非的能力，这就是普通人的‘戒定慧’。”

人人都是活菩萨

能修和尚与我一边交谈，一边沏了一壶香茶。我边品边想，茶道代表的是一种文化，一种佛家和道家的文化。茶道讲究沏茶、赏茶、闻茶、饮茶、品茶的过程，这一系列的过程是去除杂念、静神、静心、修心、净心的过程，是修身养性的过程，可以进入到清静、恬淡、“心如止水”的意境。

我继续问能修和尚：“您出家这么长时间了，有哪些较深的感悟呢？”

能修：“放下心来修行，每个人应修回自己的本性。在几十年的修行中，我感悟到，众生好，自己才会好，关心别人爱护别人比关心自己更重要，我给别人帮助，也是一种福报，这是我的世界观。《华严经》上讲：‘不为自己求安乐，但愿众生得离苦。’

其实佛学和佛、菩萨并没有那么神秘，修佛关键是修向善之心、大慈大悲之心、仁慈之心，能做到这些，那么人人都是活菩萨，都是当下的‘佛’。如果人人都向善，哪怕是有那么一点点善心、善念，这个社会就会向善的一边倾斜一点，社会就会逐步变得和谐。所以，每个人的是非之心，每个人的善恶行为，都在一定程度上一点点地改变这个社会，这个世界。

一个人如果做坏事，违背了自己的良心，就会在心里上留下了一些不好的影像，影响心的清静。因而我们讲利益众生，也是利益自身。”

我：“看来，您也修得了善良的本性。”

能修：“善哉！善哉！众生皆有佛性！皆是活菩萨！”

能修双手合十，眉宇间展露出那本来的安详、善良和智慧！

与能修和尚的交谈和在善财洞参悟，这不仅让我进一步了解到僧人平常的修行和简单而欢乐的生活，也让我感觉到佛教并不神秘。

修佛关键是修向善之心、大慈大悲之心、仁爱之心，这其实就是达到“修定”的境界，重新拥有人之初善良清静的本性，那么你就是“活菩萨”，你就是“佛”的化身。

有了“善”心，从而产生智慧，并有了自己的世界观，进入一种遵循自然之道的生命境界！一种“佛”、“道”的无上境界！

善财洞佛塔庄严，美妙绝伦，犹如“庄严国土”

回头是岸。人之初，性本善(善财洞)

与人为善，心存慈悲，利乐有情(善财洞)

婴儿最具天然的本性，可以说是一尊“佛”，后来也逐渐长成“人”了。在我们这个物欲横流、人心浮躁、日益磨灭本性的社会中，我们不能总是陶醉于繁华和虚荣之中，我们也需要去进行灵魂的“修行”，内省外修，去回复我们那与生俱来的善良清静的本性，追寻那昔日我们曾经拥有过的融通于自然的那份和谐与天然的真性情。

善财洞下院最后面的小山坡上，矗立着 10 座高高的佛塔，一字排开成佛塔阵，气势威严。佛塔为七层，每层每面都刻有佛像，我虔诚地拜下，祈盼得到“佛”的加持，获得大智慧，众生修得善果。

在即将告别善财洞之际，我希望能与能修和尚合影留念。能修很随和，他回室内换了件漂亮的袈裟和戴上一长串晶莹的佛珠，与我在庭院合影。

能修最后送我到门口，告别时说：“有空再来善财洞，菩萨想念你。”

能修的平易近人，表现出“菩萨”的亲善力，这是一种大善大爱的慈悲之心。

跨出善财洞寺的普度小桥，越过了哗然流淌的清水河，蓦然回首，望着善财洞的佛塔，望着刻有“回头是岸”几个大字的牌坊，望着逐渐远去的五台山，我们又回到了尘世之中。

“人之初，性本善。性相近，习相远。苟不教，性乃迁……”仿佛有远处孩童的念诵声萦绕在我的耳旁。渐渐地，念诵声远逝，听闻着近处和远处那清寂无声的天籁，我的耳根，我的心窝变得无比的清静、恬淡，一切都在自然而然之中……

大山大湖有灵韵

岳阳市郊昆山矗立着佛祖舍利塔

佛道圣地幕阜山

岳阳古称巴陵，又名岳州，因古郡府曾州踞天岳山之南而得名。岳阳是一座有着 2500 多年悠久历史的文化名城，位于湖南省洞庭湖之滨。岳阳集名山、名水、名楼、名人、名文于一体，是著名旅游胜地。岳阳东倚幕阜山，西临洞庭湖，北接万里长江，南连湘、资、沅、澧四水。

幕阜山，古称天岳山，因三国时东吴名将太史慈拒刘表大军，扎营幕于山顶，遂改称幕阜山。

幕阜山脉山体总面积约为 4800 平方公里，在岳阳境内为 460 多平方公里。幕阜山脉主峰中上部建有幕阜山国家森林公园，主峰海拔 1606 米。幕阜山以山雄、崖险、石奇、林秀、水美而享誉三湘大地。

唐朝时杜光庭在所著《洞天福地记》中称，幕阜山为道教 36 洞天的第 25 洞天，名元真太元之天，世人以为通天之境，祥瑞多福。幕阜山历来为佛道二教圣地，历代建的寺庙、道观达百余座，二峰尖“天门寺”是幕阜山著名的寺庙之一，庄重气派，掩映在群山翠绿之中，三省交界的信众前来朝拜络绎不绝。

吕洞宾曾在幕阜山修道和畅游洞庭湖，这有他自己的词为证，《隆庆岳州府志卷十八》录有吕洞宾《沁园春》词一首：“昨日南京，今朝天岳，倏焉忽焉指洞庭。”

另传说葛洪也曾在幕阜山炼丹，现位于幕阜山南麓海拔 1520 米处有一悬空壁立的巨岩，独立高耸 20 余米，传晋代真人葛洪在岩下炼丹而得道成仙。岩边有一方形石洞，传为葛洪当年“渴饮岩泉水，饥餐石上松”的下狮洞。

清·钟灵《幕阜山赋》曰：“迄于东晋，流寓群仙，孝仙谈《太极》之诀，稚川成《抱朴》之篇。”这指的是葛洪（稚川）在幕阜山修道之事。

岳阳楼公园内有吕仙祠，纪念吕洞宾修道潇湘

舜帝观天封“天岳”

众所周知，中国有“五岳”，即北岳恒山、西岳华山、中岳嵩山、东岳泰山和南岳衡山，殊不知，中国还有个叫“天岳”的幕阜山。元代诗人胡天游曾赋诗曰：“幕阜山高一千八百丈，我疑山顶即天上。”

幕阜山位三省交界处，临近古夏水，故古有“负夏”之称，传说舜帝南巡至此，在幕阜山观天而封天岳。《史记》中说“舜就时于负夏”，指的是舜帝在幕阜山设立了天文观察点，看上天星移斗转，观天地四时变化，占卜未来。

舜帝即虞舜，生于公元前2277年，卒于公元前2178年，三皇五帝之一，名重华，字都君，出生于姚墟，故姚姓，今山东诸城市万家庄乡诸冯村人。舜为四部落联盟首领，以受尧的“禅让”而称帝于天下，其国号为“有虞”，故号为“有虞氏帝舜”。

虞舜不仅是中华道德的创始人之一，而且是华夏文明的重要奠基人。据说舜在尧死之后，在位39年，到南方巡守时，死于苍梧之野。

另传说大禹治水后登上了幕阜山，幕阜山上有“禹治水，登此山”的石壁刻铭。相传禹治黄河水患有功，受舜禅让继帝位。他是与尧、舜齐名的贤圣帝王，他最卓著的功绩就是治黄河水患，又划定中国国土为九州。

我想，大禹治水后登上“天岳”，主要是叩拜上天，感恩得到上天的庇佑而治水成功，同时观察上天的“动向”，“请示”治水工作还有何需要改进的地方，以及观察治水后的中原气运。

岳阳东倚幕阜山，西临洞庭湖，气象万千

洞庭天下水

登岳阳楼可浏览八百里洞庭湖的湖光山色。洞庭湖为我国第二大淡水湖，处长江荆江河段以南，面积2820平方千米。洞庭湖东、南、西三面环山，北部为敞口的马蹄形盆地，西北高，东南低。洞庭湖据传为“神仙洞府”的意思。

洞庭湖自古便有“洞庭天下水”之说，这是说洞庭湖吞吐“天下之水”，洞庭湖南纳湘、资、沅、澧四水汇入，经岳阳城陵矶注入长江，号称“八百里洞庭”。洞庭湖由东、西、南洞庭湖和大通湖四个较大的湖泊组成，为典型的吞吐调蓄性湖泊，是长江流域最重要的集水、蓄洪湖盆。

同时，洞庭之水供给“天下”，具有灌溉、航运、渔业生产、供水、纳水、调节气候和美化环境等多种功能，湖区土质肥沃，气候温和，雨量充沛。

洞庭湖浩瀚迂回，风光秀丽，许多景点都是国家级的风景区，如有岳阳楼、君山、杜甫墓、杨么寨、铁经幢、屈子祠、跃龙塔、文庙、龙州书院等名胜古迹。李白有诗云：“洞庭西望楚江分，水尽南天不见云。日落长沙秋色远，不知何处吊湘君。”

湖中有著名的君山，君山系洞庭湖中小岛。君山原名湘山，又名洞庭山。君山四周环水，景色旖旎，流传于此的神话典故众多。

传说舜帝的二妃娥皇、女英曾来这里，死后即为湘水女神，屈原称之为“湘君”，故后人把这座山叫“君山”。山上现有古迹二妃墓 、湘妃庙、柳毅井、飞来钟等。

洞庭吞吐“天下之水”

岳阳天下楼

岳阳为江南最早的古城之一，以“洞庭天下水、岳阳天下楼”著称于世。境内有岳阳楼、君山岛、屈子祠、张谷英古建筑群等风景名胜 193 处。

岳阳楼耸立在岳阳市西北的巴丘山下，坐东向西，面临洞庭湖，遥见君山，风景优美。岳阳楼始建于公元 220 年前后，其前身为三国东吴名将鲁肃所修阅军楼。东汉建安二十年（公元 215 年），孙权与刘备争夺荆州，派大将鲁肃率军驻守战略要地巴丘，在洞庭湖操练水军，因而建巴丘城。在濒临洞庭湖处，鲁肃建造了检阅水军的阅军楼，此即今岳阳楼前身。

西晋南北朝时岳阳楼称“巴陵城楼”，中唐李白赋诗之后，始称“岳阳楼”。张九龄、孟浩然、贾至、李白、杜甫、韩愈、刘禹锡、白居易、李商隐等，在这里均留下了许多名篇佳作，杜甫的《登岳阳楼》更是千古绝唱。

岳阳楼为四柱三层，纯木结构，整个楼宇以四根直径 46 厘米的楠木大柱直贯楼顶，承载了楼体的大部分重量，再用 12 根廊柱和 20 根檐柱支撑。屋顶为四坡盔顶，为中国现存最大盔顶建筑，覆黄琉璃瓦，翼角高翘。

主楼通高 19.42 米，平面呈长方形，面宽 17.24 米，进深 14.54 米，占地 250.66 平方米。岳阳楼三楼陈列着一代伟人毛泽东手书杜甫的《登岳阳楼》诗。杜甫《登岳阳楼》诗文为：“昔闻洞庭水，今上岳阳楼。吴楚东南坼，乾坤日夜浮。亲朋无一字，老病有孤舟。戎马关山北，凭轩涕泗流。”

岳阳楼与江西南昌的滕王阁、湖北武汉的黄鹤楼并称为江南三大名楼。北宋范仲淹脍炙人口的《岳阳楼记》更使岳阳楼著称于世，其中写道：“予观夫巴陵胜状，在洞庭一湖。衔远山，吞长江，浩浩汤汤，横无际涯；朝晖夕阴，气象万千。此则岳阳楼之大观也。前人之述备矣。然则北通巫峡，南极潇

岳阳楼是江南三大名楼之一

湘，迁客骚人，多会于此，览物之情，得无异乎？”“不以物喜，不以己悲。居庙堂之高，则忧其民；处江湖之远，则忧其君。是进亦忧，退亦忧。然则何时而乐耶？其必曰‘先天下之忧而忧，后天下之乐而乐’乎！”

2011 年 9 月，全国旅游景区质量等级评定委员会正式批准岳阳楼—君山岛景区为国家 5A 级旅游景区，并扩建了岳阳楼公园。公园内有二醇亭，相传八仙之一吕洞宾曾三度醉卧此间。

大山大湖是天地灵气的大聚结，岳阳处大山幕阜山和大湖洞庭湖交融之中，得天地之灵气，而岳阳楼则是这种大交融大聚结的交汇点，是灵魂所在。

岳阳楼是大山大湖大交融的灵魂所在

毛泽东手书的杜甫《登岳阳楼》诗

岳阳楼面临洞庭湖，遥见君山，风景优美

昆山有佛舍利塔

在大山大湖环绕的岳阳市郊区，有一座山叫昆山，昆山是岳阳市郊最高的山脉，离繁华的岳阳市区仅 8 公里。

昆山上有昆山寺，脚下有紫竹林禅院。在紫竹林禅院，我拜访了昆山寺和紫竹林禅院住持释了果法师，了果法师给我讲起了昆山寺和紫竹林禅院的历史和现状。

昆山寺始建于唐宋年间，占地 600 多亩，海拔 200 多米，历尽千年毁于寇，在 20 世纪 40 年代遭侵华日寇狂轰滥炸，使昆山名胜古迹成为废墟，最后彻底毁于“文化大革命”时期。古时昆山寺寺院香火鼎盛，吸引了湖南、湖北、江西、广东、广西、四川等地的信众前来朝拜。

据岳阳档案馆《巴陵县志》记载：古寺设计庄严，规模宏大，四水归池，东有望月楼，西有眺望台，寺院门为牌坊楼面，大门牌坊由五龙捧圣做成，上有寺院名，有古联赞曰；“八百里洞庭，九百里潇湘，掀开绿水尽收来；千丈高黄峁，万丈高大云，座对青山排阋志。”

目前，昆山寺已恢复了部分建筑，还建了佛祖舍利塔。释了果法师历时 10 余年，多次赴东南亚各国殊胜迎请回释迦牟尼佛金刚舍利，并在紫竹林禅院和昆山建成佛祖金刚舍利塔。

据了果法师介绍，殊胜请回的除了佛祖舍利之外，还有佛祖十大弟子等高僧大德的舍利。这批舍利子不仅数量多，而且品种多，有内脏、头、血、发、骨等多品种舍利，藏于紫竹林禅院及昆山舍利塔内。

从昆山顶向外望，四周群山绵绵

我在了果法师的陪同下登上了昆山瞻礼佛祖舍利塔，见到塔内佛舍利放出了白光。我想，佛舍利是修行者通过戒定慧长年修炼，吸收宇宙元气、天地精灵之气而形成的结晶体，是一种能量体，其集结了宇宙能量的精华，是宇宙元气的化身，是一种大智慧的化身。

在昆山上往外望，但见群山绵绵，千姿百态，青山碧水，相映成趣。此时夕阳西下，“鸡蛋黄”般的太阳出现在西边的地平线上，太阳光辉从天边散射开来，形成了美丽的晚霞，晚霞染红了天空，无数的云彩一片一片挂在天上。这由太阳的光辉而形成的无数一片一片的云彩，就像是宇宙无数的大千世界一样，缘起则聚，缘尽则散。

昆山上远眺，太阳如“佛光”普照

我仿佛感悟到，太阳就是一个佛，就是佛舍利，就好比是宇宙的本源，佛光普照大地，显得是那么神圣。似乎昆山也是一个佛，而昆山寺佛祖舍利塔和紫竹林禅院佛祖舍利塔就是佛的灵魂。

昆山寺的恢复和佛祖舍利塔的落成，使岳阳又多了一个“灵魂”。在大山大湖之中，一楼（岳阳楼）、一寺（昆山寺）、一塔（佛祖舍利塔），共同构成了大山大湖灵气交融的聚结点，成为文化和精神的“灵韵”所在。

舍利塔内佛舍利放出白光

昆山佛祖舍利塔

紫竹林佛祖舍利“灌顶”

紫竹林禅院处昆山脚下，前身为灵塔寺，始建于隋唐，后被毁，尚存三个闭关洞，20世纪90年代由释了果法师逐渐恢复。

现在的紫竹林禅院是一个集修学、医疗、保健为一体的实修道场，现有三圣殿、同乐念佛堂、般若堂、药师坛城、闭关静修房、闭关洞、清净楼、保健房、佛祖舍利塔等建筑。

紫竹林禅院不接待香客，僧众守戒清净，不赶法事，以弘法利生为主，同时禅院倡导青少年心灵道德教育、智力开发，推广食物疗法、药师瑜伽、身心保健等，这些都是佛教生活化的表现形式。

禅院融佛之大慈悲心于社会、家庭、学校的善举，得到了社会的广泛赞许，很多海外善信、国内多所大学的大学生，前来禅院参加义务劳动、短期出家，体验生活，闻习佛法。

作者与紫竹林禅院住持释了果法师（右）

存放在紫竹林禅院的舍利，有释迦牟尼佛的内脏舍利（包括心脏舍利）、脑舍利、发舍利，以及释迦佛十大弟子真身舍利，还有历代高僧大德舍利。

这是释了果法师多次赴东南亚各国迎请回来的，国内外的高僧大德都纷纷来岳阳紫竹林禅院瞻礼赞叹。

这些舍利规格之高、品种之齐、数量之大，令人叹为观止。舍利是修炼有成就的佛教高僧在圆寂后的遗留物质，如：牙、指、肌肉、骨、头、发、舌、心、血

中国佛教研究所原所长吴立民
所立“佛祖金刚舍利塔启建缘起碑”

紫竹林禅院佛祖金刚舍利塔

液等，这种物质火化不尽。舍利的特点是晶莹透亮，多种色彩，能长能消，质地坚硬，现代科学对舍利尚不能作出合理解释。

中国佛教研究所原所长吴立民两次特来紫竹林禅院瞻礼，并当即挥笔写下“佛祖舍利”题词。

因为吴立民老先生也是我的师长，故我与了果法师感觉特别的亲切。了果法师带我去参观禅院的“舍利楼”，这里收藏了她迎请回来的各种极其珍贵的“舍利”。

她说礼拜佛祖舍利是殊胜的，佛祖舍利是世之瑰宝，只有与“佛”有缘、有善根和慧根的人才有机会看到。我按照了果法师的要求，按照佛教的礼数，参拜了佛祖舍利、佛十大弟子真身舍利以及历代高僧大德的舍利，我从内心深处感觉到这里的庄严和神圣。

了果法师见我与佛有缘，便恭请了佛祖的心脏舍利给我“灌顶”，我顿时感觉到头上有一股能量压顶。我想，可能是“佛祖”在加持能量给我了，“佛祖”或许是在帮我打通与天地沟通的智慧。

舍利是智慧能量体

佛教创始人释迦牟尼曾是古印度的一位王子，29 岁时舍弃奢华生活出家修行，最后在菩提树下悟出了人生真谛，创立了佛教，被尊为佛祖。

公元前 486 年释迦牟尼佛圆寂后，弟子们在他火化的遗体灰烬中得到了一块头顶骨、两块肩胛骨、四颗牙齿、一节中指指骨舍利，以及 84000 颗珠状真身舍利子。佛祖的这些遗留物被信众视为圣物，争相供奉。

后来，古印度阿育王用黄金七宝铸成了八万四千座佛舍利塔，分布于大千世界中，以让百姓瞻仰、礼拜。中国有 19 座佛舍利塔，五台山大白塔为其中一座。

《浴佛功德经》将舍利分为两种：一是生身舍利，又称身骨舍利，是佛的遗骨；二是法身舍利，又称法颂舍利，是指佛所遗的教法、戒律。

佛陀涅盘后，所烧出的舍利就有一石六斗之多，其质坚利，高温不能熔，高压不能损，且增减自如，诚不可思议。

身骨舍利分为全身舍利和碎身舍利，如广东韶关惠能六祖大师、安徽九华山肉身殿所奉的金地藏和尚等，就是肉身不腐的全身舍利，叫肉身菩萨。

碎身舍利，则是火葬后的遗骨。白色的舍利子是骨骼，黑色舍利子属于头发，红色的舍利子是肌肉，其他还有绿色或五色斑斓的舍利子。

修行有成就的高僧及在家信徒，往生后也都能得到舍利，它作为佛教的圣物而受到尊崇。有些高僧留下的舍利子多达万颗，1991 年 3 月，五台山佛教协会副会长通显法师圆寂火化后，得五色舍利子一万一千颗。2012 年 4 月 2 日零时 36 分，一代高僧、当代佛门泰斗本焕长老示寂，其舍利子数万计。本焕长老五彩缤纷的舍利子大小不一，有的形状像珍珠，有的晶莹通透，还有的呈鹅卵石般，红黄蓝绿各种颜色都有。

当时，本焕长老的弟子深圳弘法寺方丈印顺和尚说：老和尚留下的舍利子告诉众生，修行是会有成就的，这相当于给众生树立了信心。老和尚神奇的示现，印证了生命的神奇，但生命是没有区分的，人的本性和佛性的本来面目是平等不二的，老和尚就是通过这种神奇的示现给众生以信心。

《金光明经》说："是舍利者，即是无量六波罗蜜功德所得所重。" "舍利是戒定慧所熏修，甚难可得，最上福田。”《般若经》亦说：“佛身及设利罗（即舍利）皆由如是甚深般若波罗蜜多功德所熏修故，乃为一切世间天人，供养恭敬，尊重赞叹。”

按佛经所说，舍利不仅是物质，更是一种超物质，是修道者生前依戒、定、慧熏修加上自己的大愿力而得，慈悲喜舍无量功德所成，它十分稀有、宝贵。

《大般涅槃经》云：“若见如来舍利，即是见佛。”佛教信众认为发心供养礼拜佛舍利，所获种种福报，不可思量。当佛教徒再也无法向佛祖本人顶礼膜拜的时候，便把其虔诚之心转向了佛祖遗存的舍利。这样，舍利便被赋予了神圣无比的涵义。

舍利子并不是胆结石、肾结石之类，结石病人数以千万，但只有修行者才会有舍利子。舍利子圆明皎洁，坚固不碎，十分珍贵殊胜。

按我的感悟，舍利子是一种超物质的能量体，佛家或道家的修炼，如念佛、拜佛、诵咒、打坐等修行，其实就是在练气功，与宇宙元气沟通，吸收天地灵气，从而使体内产生出特殊的能量，慢慢地使身体细胞机能等产生质的变化，产生了“舍利子”，这是宇宙元气的外在体现。个别功德完满的圣者更是羽化成仙，真正将人体的小宇宙融入天地大宇宙之中，身体化作万千世界，与宇宙同体，达到一种“无我”的境界。

由于修行者所修法门不同，造诣各有高低，使得修行者所产生的舍利子颜色不同、大小不同、硬度不同、可塑性不同。有的舍利还会长大，生小舍利，这说明舍利是一种能量体，是一个小宇宙。

作为物质性的舍利子是极为珍贵的，但法身舍利即“佛陀的教法”作为佛陀留下来的真身舍利，才是最为珍贵的，这代表的是天地的智慧，是人人皆可成就的“舍利”。

舍利子，其实代表的是一种“无我”的境界和智慧。

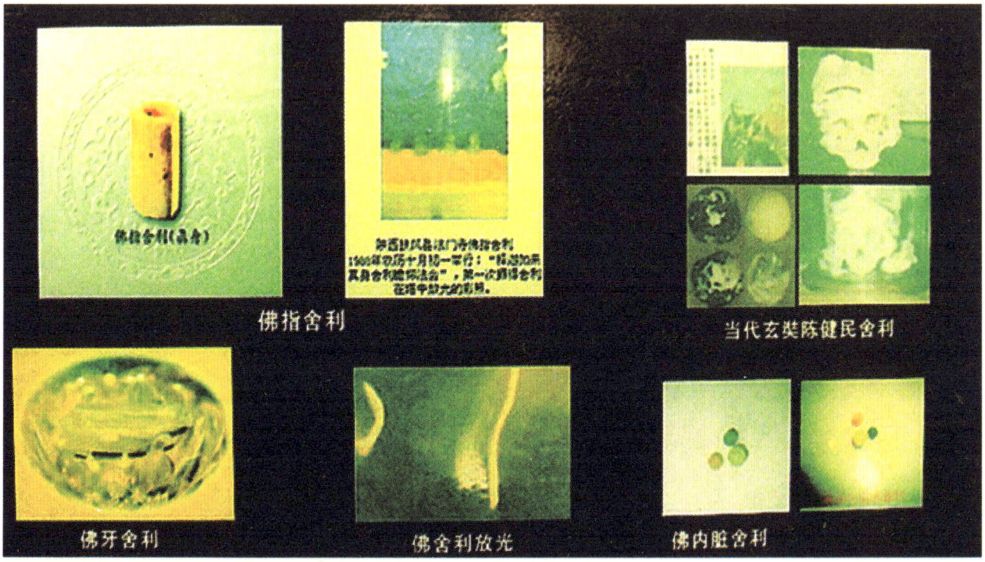

舍利子是一种天地能量体（禅院展览室图片）

修心就是一心不乱

紫竹林禅院及昆山寺住持释了果法师，出生于洞庭湖畔，自幼跟随祖父习练佛教禅定与瑜伽，祖传中医针灸，1981年皈依普陀山紫竹林，后剃度于广东南华禅寺，于香港大屿山宝琳寺受具足戒。

了果法师精研禅定、瑜伽、中医气功，曾多次闭关修炼达10年之久，由此开启了灵根，在定中得大瑜伽士——陈建民先生传法，并由师母陈相攸及吴立民金刚阿阇梨认证。

了果法师的师傅陈建民上师(1906—1987年)，在印度修行25年，佛学界称他为“当代玄奘”。他的《曲肱斋全集》流传70多个国家，在东南亚各国影响很大。

了果法师专修净土法门，弘扬药师法门，多次进修于中医针灸专业，医佛圆融，以为人解除身心病痛为己任。了果法师曾多次被邀请到保加利亚、罗马尼亚、泰国、尼泊尔、马来西亚等国家和地区，进行佛教文化和医疗保健交流研究活动。

“大自在”是自由自在、无挂无碍的超凡脱俗境界（禅院山门）

到紫竹林禅院后，了果法师以弘扬佛法、济世度人为宗旨，做了许多有益于社会的事。她说出家人应以佛教“普度众生”为出发点，要以积极的心态来帮助他人。了果法师传承佛教显密禅静圆融的药师法门法要，为当今唯一药师法门前行法——药师瑜伽法要的传承者。

她说，禅定就是把心定住，这是修心的关键，其实修心并不神秘，就是一心不乱。她给我讲了一个见诸佛教书籍记载的故事：

一个云游和尚晚上走至半山腰，见一小屋内放光，暗喜有机缘遇到有功夫之人，于是推门入室，见一老叟盘坐于炕上，打过招呼便问：“施主练的是什么功?”老叟答曰：“菩萨咒。”

和尚更为高兴，自忖出家40年，尚未听过有菩萨咒，忙向老叟请教。老叟说：“我练此咒60余年，尚未传授过一人，就是六个字：唵、嘛、呢、叭、咪、吽。”老叟把“吽”错念成“牛”。和尚一听笑了，告以此咒非菩萨咒，乃六字大明神咒，并指出最后一个字念“吽”而不念“牛”。

和尚走后，老叟按更正的去念，但总是绕口而念不好。三个月过去，和尚又来到半山，心想老叟把“牛”改正念“吽”后，功夫当更高了，不料屋内一点光也没有。进门一看，老叟正念大明神咒。和尚满腹疑团，为何老叟念“牛”有光，念“吽”反无光。

回庙后求教于方丈，方丈说：“你出家40年，为何不懂此理?念咒是把心定住，能入定，身体的三昧真火出来，便有光了。老叟按他的念法念了60年，念得一心不乱，三昧真火出来了。你让他改念，心乱了，三昧真火便出不来了。”

方丈讲出了念咒之真谛：关键是把心定住，其实念什么都可以。

紫竹林禅院山门墙上刻有《般若波罗蜜多心经》，经文只有260字，但却是篇幅最短、含义最深的佛教经典，其浓缩600卷《大般若经》，可谓字字珠玑，破解宇宙、人生之真相，是佛教经典的精华所在。据佛门大德所说，顿悟或渐悟《般若波罗蜜多心经》之后，人的心性会在不知不觉之中改变，能定住心而一心不乱。

下面是墙上所刻的唐三藏法师玄奘所译的《般若波罗蜜多心经》：

“观自在菩萨，行深般若波罗蜜多时，照见五蕴皆空，度一切苦厄。舍利子，色不异空，空不异色，色即是空，空即是色，受想行识，亦复如是。舍利子，是诸法空相，不生不灭，不垢不净，不增不减。是故空中无色，无受想行识，无眼耳鼻舌身意，无色声香味触法，无眼界，乃至无意识界，无无明，亦无无明尽，乃至无老死，亦无老死尽。无苦集灭道，无智亦无得，以无所得故。菩提萨埵，依般若波罗蜜多故，心无挂碍，无挂碍故，无有恐怖，远离颠倒梦想，究竟涅槃。三世诸佛，依般若波罗蜜多故，得阿耨多罗三藐三菩提。故知般若波罗蜜多，是大神咒，是大明咒，是无上咒，是无等等咒，能除一切苦，真实不虚。故说般若波罗蜜多咒，即说咒曰：揭谛揭谛，波罗揭谛，波罗僧揭谛，菩提娑婆诃。”

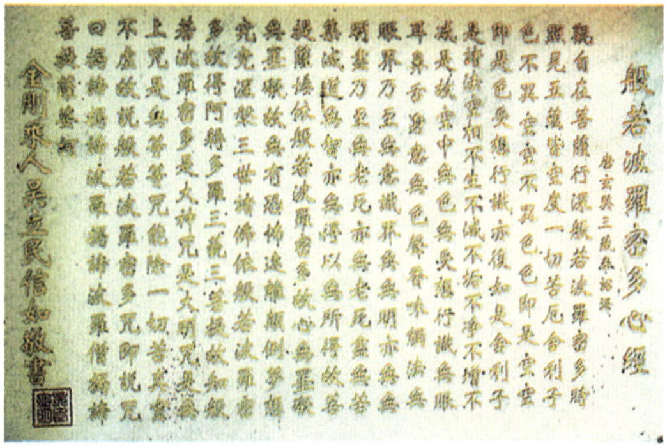

修得一心不乱，就会涌现智慧灵光（禅院山门墙上《般若波罗蜜多心经》石刻）

晒背和熏脚是养生法

了果法师受陈健民上师指引，在岳阳市经济开发区三荷乡修建了紫竹林禅院和昆山佛祖金刚舍利塔。这一院一塔，全由她一人筹建。

说到筹款的辛酸，了果法师有着无限的感触。她说，在她最需要帮助的时刻，海内外高僧及社会贤达给了她无私的援助，这是她这辈子都时刻感恩的。了果法师说，佛，是一种“觉悟”，是一种感恩的心态。

如今的紫竹禅林院已颇有名气，不少海内外的高僧、学者经常到此讲授佛法。这里成为了佛学研究和养身修行的地方。

了果法师给信众讲经论道及晒背

紫竹林禅院的养身修行有两点是令我最为深刻的，一是白天用背晒太阳，二是晚上熏脚。其实这两点在日常去做最为简单，最天然，也最省钱，最为简单最天然的东西往往也是最有效的。

我问了果法师：“白天用背晒太阳，能积聚人体阳气，特别是冬天多晒太阳应是好处多多，那晒太阳的时间有何讲究呢？”

了果：“每天中午十一时到一时，这是活子时的时候，是晒背的最佳时段，但不同地方不同季节就有所区别，夏天应该在早上九时之前和下午五时之后晒太阳，冬天可以晒正午的太阳，特别是辟谷期间毛孔张开，一晒太阳，能量就进来，可以很好地去补钙。但太强烈的阳光有毒，对身体有害，这要靠自己去感觉。”

我：“禅院每晚用水熬煮草药，让有病无病的人来浸泡熏脚，看来泡脚熏脚是好处多多！”

了果：“是的，人们常说：‘富人吃补药，穷人泡泡脚’。泡脚熏脚是一种很好的养生方法，可舒通经络，清除人体血液垃圾和病变沉渣，起到清洁人体的作用，有病的帮助康复，无病的可保健。但泡脚不要泡到大汗淋漓，后背和额头微出汗就可以了，微出汗说明你的经络是通的。”

我：“禅院也讲究食疗，尤其是素食，你能说说素食的好处吗？”

了果：“动物受屠宰时由于痛苦、恐惧、哀伤、挣扎，往往会产生有毒的分泌物，人食其肉就无形中把这些毒素带进了体内，使人体免役力下降，头脑沉钝。现在不少饲养的动物禽类在饲养过程中使用添加剂、抗生素等，都是商人讲求经济效益的速成品，未到动物自然的生长成熟周期，是早熟，食得多是影响健康的。果蔬谷类素食易于消化吸收，素食可以净化血液，可以减少患心脏病、冠心病、高血压、高胆固醇、糖尿病、肥胖症和某些癌症等的发生。素食者往往比荤食者更显年轻，寿命长些，同时觉得身体轻盈，耳聪目明，神清气爽，脑力充沛，更易入睡。素食者情绪较为稳定，能够真正做到清心寡欲，食肉较多而少吃蔬菜者脾气往往较为暴躁。”

我：“素食的确好处多多，那么对素食有什么讲究呢？”

了果：“素食讲究天然素食，这包括天然谷物、豆类、青绿色或黄色的蔬菜等，同时烹调要清淡。吃一些青绿色和黄色的食物能很好地健康身体，比如青绿色的食物能帮助舒肝活络，黄色的食物能帮助脾脏功能。”

我：“养生有一种特殊的方法是‘辟谷’，当今‘辟谷’或类似‘辟谷’的养生方式也应用到减肥、治病上，例如医者通过一系列的方法，使辟谷者迅速进入一种不饥不渴的特殊生理状态，从而彻底排出体内的垃圾、脂肪、病变细胞以及不自然的生长物。对于养生，除了适当‘辟谷’外，也有一些半辟谷、过午不食、定期清肠等方式。你能说说‘辟谷’吗？”

了果：“辟谷和挨饿是完全不同的，辟谷是讲究一定方法和要吸收能量的，辟谷可以7天，可以半个月。我们的身体就像是一块蓄电池，一个正常人一年充了三个季度的电，供给余下三个月本来是没有问题的，动物可以冬眠三个月，人本来也可以在冬季三个月不吃东西，理论上可以这样，但一般人做不到。常人这块电池充了几十年的电，从来没有彻底放过电，没有排过毒，所以细胞就老得快。”

了果法师还说，生活要和谐，和谐包括与天相和谐，与地相和谐，与人相和谐，达到天地人相和谐，因为万物都是环环相扣的。

禅院讲究天然素食

觉悟在呼吸之间

了果法师提倡“素食”，的确“素食”对身体是好处多多，从出家人角度来说，“素食”对修行是有好处的，动物的愚痴、贪欲及蛮横等能量会影响到食肉的普通修行者，影响静心修行，以及障碍产生慈悲心。素食往往能产生温和平静之性，减少欲望，所以素食受到了提倡。

当然，对世俗的人来说，可根据自己的情况而定，也并不是说因为“因果报应”，吃了“猪羊”下一世就会成为猪羊。入“畜生道”是因为违反人道，累世功德已释放完，遭到人道的抛弃。其实，素和肉都是宇宙的存在，都是同一本源，“本来无一物”，本质上没有什么区别。

万物皆是自然界的一员，是同一的。对宇宙来说，佛、人、鬼神、猪羊、鸟、蚂蚁、山河、草木等都是宇宙的一分子，“佛性”、本源是一样的，只是外在的表现形式不同，这是宇宙本源“佛性”的亿万千化身！如果说有“因果”的话，这也是一种“缘起”，世界是处于各种各样的“因果”“缘起”中才演变出大千世界，这些“因果”“缘起”在大自然角度看都是合理的。

如果对素和肉太执著，就未能感悟宇宙“空性”的智慧。由于环境原因，一些地方的佛教徒是允许吃肉，古时有些地方，僧人外出乞食时，对于别人所布施的食物无论是不是肉都以感恩的心默然接受。

因果报应如果真的存在，也是宇宙的一种存在，即使一个人以后变成猪牛羊草木，其“佛性”也无改变，也是宇宙的一分子，与人并无区别，或许可能比人还活得快活。万物的生死轮回自有其规律，谁也改变不了。

万物并无贵贱之分，缺一不可，这些都是你的父母兄弟子女，素和肉都是你的父母兄弟子女，你吃素和肉都一样，因为万物是同源的（同一“受精卵”演化的）。

这好比人体小宇宙，人体都是由先天元气“受精卵”所形成，人体各部分都是同源的，无贵贱之分。同样，天地大宇宙由“无”生“有”，由同一元气（如同受精卵）而演化大千世界，所以说万物是同源的。

大地的生物存在生物链、“六道”轮回，正是宇宙大自然的安排，是大自然维持着生态平衡，是合理的。如果没有生物链的生克制化就成不了世界，如果没有“六道”轮回也成不了世界。当然过分“相杀相吞相食”而造成生态失衡就会受到大自然的惩罚，因而维持生态平衡是必要的。

素食、少食，甚至不食而辟谷，是修行练功自然出现的现象，不可强求。如果为了“因果”，为了成“佛”而强制不食“肉”，甚至放弃追求幸福的生活是不符合自然之道的。

其实，宇宙的运动就是一种呼吸，是新陈代谢的过程，所谓春生夏长秋杀冬藏，是最普遍不过的自然现象，春夏就是“吸”，秋冬就是“呼”，春夏之“吸”，万物生长，秋冬之“呼”，万物肃杀。人的呼吸也一样，呼吸也是一种食泄，空气中有大量的微生物，我们呼吸之间在无形中不知要灭掉和滋养了多少微生物，还有，我们身体内部每时每刻都有大量的细胞在死亡和新生。

活在当下，如果为了下一世幸福而在本世过多地约束自己并受苦，是对不起今世的，也无必要，因而今世要追求幸福之道、幸福的生活，才是有实际意义的，今世也是自己能把握得到的，下一世就难说了。

另外，佛家说三净肉，这也是一种慈悲心，不杀生，特别是野生的生命，对于学佛净心，产生慈悲心是重要的，这也是爱护自然生态的需要，这是应该提倡的。

食素和食肉是每个人根据自身的情况而定，并无好坏之分。当然，如果从身体或修行等角度考虑，食素对身体是有好处的，特别是炼气修行的，清心寡欲、素食能使气清，更能与自然相融合，最后由食素、少食，甚至不食辟谷而成仙成佛。食素或食肉，要顺其自然，而在目前我们这个营养过剩，富贵病风行的社会，倒有提倡吃素少吃肉的需要。

同时，人是万物之灵，人要进步，要与大自然相和谐，要肩负起维护大自然生态平衡的责任，不要盲目杀生，特别是要爱护好野生动物，共同创造一个美好的家园。

昆山佛祖舍利塔内有众多佛像，但都是同一的“佛”；万物千姿百态，但“佛性”是一样的

天道酬诚　心诚则灵

我在紫竹林禅院“出家”修行了一段时间。在禅院，修行者每天晚上10时睡觉，早上5时起来练“拜佛瑜伽功”一个多小时，后打扫庭院，以清除身心的“垃圾”。

禅院7时左右吃早饭，后众修行者绕舍利塔以求上天给自身和众生带来福报；接着是“说经论道”，开启人生和宇宙的大智慧。

中午12时吃午饭，早饭和午饭主要是稀饭、米饭、番薯及水煮菜，蔬菜主要是黄瓜等瓜菜，所谓水煮菜是指瓜菜不放油盐去煮。午后大家背着太阳“晒背”，以积聚阳气。

下午是禅坐，练“面壁思过”功、沐浴功等。禅院午后不吃，一天中只吃早饭和午饭。佛教认为，清晨是天食时，即诸天的食时，午时是佛食时，即三世诸佛如法的食时，日暮是畜生食时，昏夜是鬼神的食时。

古语有云：“晚饭只喝汤强似吃药方。”从人体消化角度看，晚上运动少，晚饭是不宜多吃的。有养生口诀说得好：“早上吃的像个皇帝，中午吃的像个将军，晚上吃的像个乞丐。”

通往紫竹林禅院闭关洞的路

在禅院的晚上，大家点上108盏灯绕着舍利塔行走，以及回顾一天和以往的过失，诚心忏悔，放下了心里头的负担和烦恼。晚上9时大家用中药熏脚，疏通全身经脉，睡觉也特别香甜。

我在禅院闭关洞内打坐，感受着“佛祖”给我加持能量。据说闭关洞内有一位上千岁的神人在闭关，但我去却看不见，我想如果是上千岁了，可能就不是人了，而是“神”了，或者说是一股能量了。在禅院的展览室内也展示了一幅泰国现仍存世的一位900多岁的“神人”的照片，他出现时呈现一团光，可见其已不是“人”了，而是一股能量。

古时也有传说彭祖活了800多岁。世间事有时是神奇的，不可思议的，我们也曾经想象外星人如何的“神通”！

短期的禅院修行生活，使平时忙碌的都市生活节奏在这里得到了放松，心灵得到了栖息，重新寻回大自然的自我。

说来也神奇，在禅院修行即将结束之际，我帮亲人在股市上认购新股，结果认购新股的所有账户都中了同一只股票，其中一个账户认购5000股结果中了500股。后来该股票上市，上市当日涨幅高达160%。

另外，我在禅院修行期间，家属在一个抽奖活动中也抽中了一等奖。这些事真实地发生在我身上，难道是“佛祖显灵”？

从这件事中，在某个角度上体现出了心诚则“灵”。待人处事要坦诚、诚心诚意，所谓“天道酬勤”、“天道酬诚”，上天总是偏爱那些勤奋诚心的人，机遇也往往垂青于那些怀着一颗坚定不移、真诚的心，锲而不舍的人，这些人将会得到上天的眷顾，最终会取得成功。这就“灵验”了。

禅院闭关洞

心诚则“灵”

一位900多岁“神人”出现时呈现一团光（禅院展览室图片）

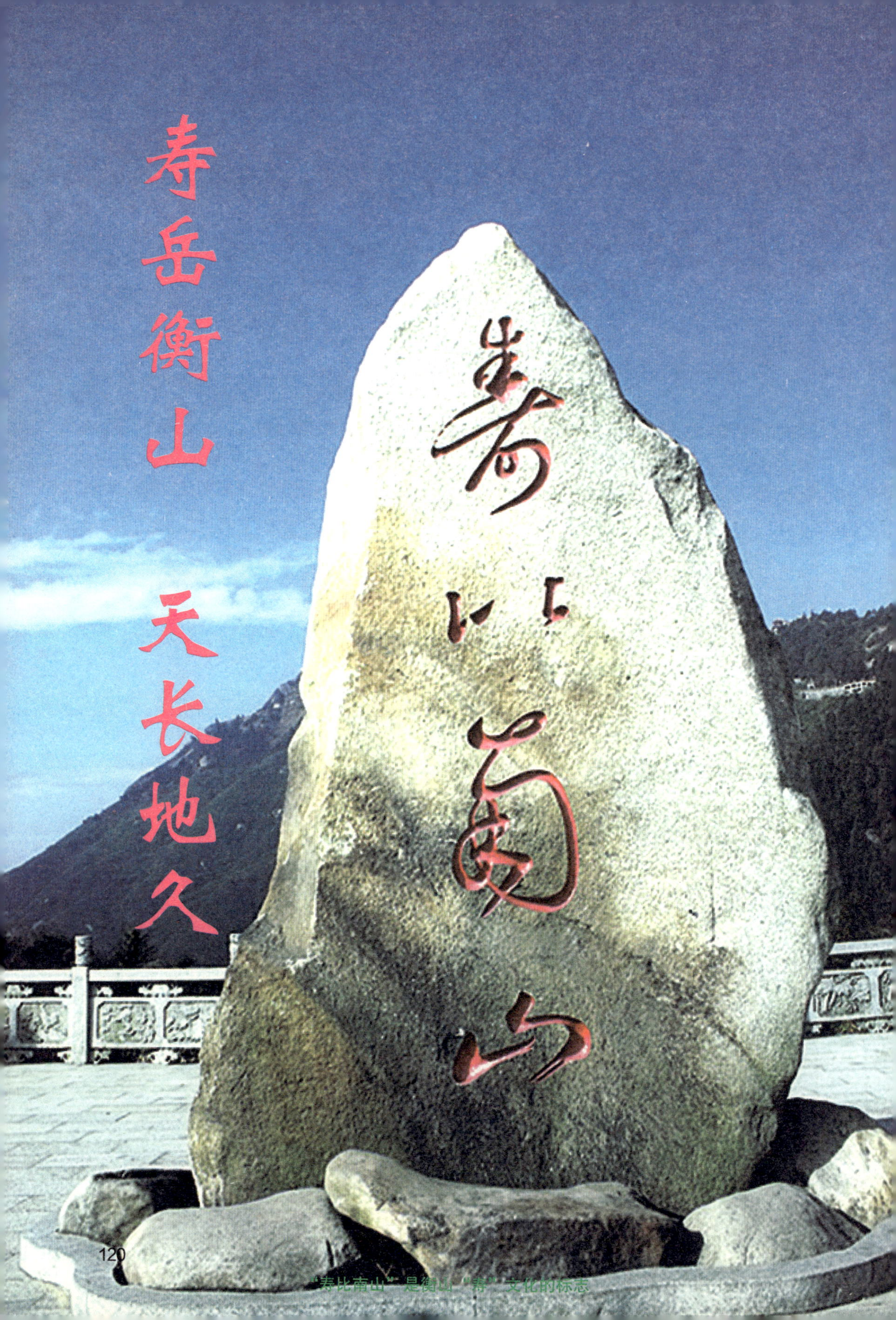

“寿比南山”是衡山“寿”文化的标志

祝融氏存火种于衡山

衡山位于湖南省衡阳市南岳区，海拔 1300.2 米，层峦叠嶂，气势磅礴，终年翠绿，有“南岳独秀”的美称。清人魏源在《衡岳吟》中赞美衡山说：“恒山如行，泰山如坐，华山如立，嵩山如卧，惟有南岳独如飞。”

衡山南起衡阳回雁峰（南岳衡山首峰），北止长沙岳麓山，衡山横跨湖南省 8 个市县，逶迤 800 里，共 72 峰，其中南岳区境内有 43 峰，群峰巍峨。

祝融峰之高、藏经殿之秀、水帘洞之奇、方广寺之深堪称“衡山四绝”；春观花、夏看云、秋望日、冬赏雪为“衡山四季佳景”。衡山景区 2007 年 8 月 1 日经国务院批准列为国家级自然保护区，2008 年被评为最受群众喜爱的中国十大风景名胜区之一。

衡山为五岳中的南岳。传说盘古开天辟地，死后化为山川林木，头化为东岳泰山，脚化为西岳华山，腹化为中岳嵩山，右臂化为北岳恒山，左臂化为南岳衡山。

南岳衡山文化传说悠久，传说炎帝、黄帝、尧帝、舜帝、大禹都在南岳留有足迹。神农氏曾来此采百药，因尝线虫中毒而仙逝于降真峰上。舜帝到过南岳巡疆狩猎，祭祀山神。大禹治洪水经过衡山，曾杀白马祭告天地，求取治水之法。

传说衡山祝融峰是祝融游息之地，峰上有祝融殿，是明代所建。祝融氏是神话传说中的火神，自燧人氏发明取火以后，即由祝融保存火种。祝融氏被尊奉为南岳衡山之神。

在南岳古镇，有一座纪念祝融氏的佛教古寺——祝圣寺。它始建于唐天宝初年，相传大禹治水时曾经来到这里，并在此建立清冷宫以祀舜帝。

纪念祝融氏的古寺——祝圣寺

万民永寿“中华万寿大鼎”

据《星经》记载，南岳对应二十八宿的轸星之翼，号为称量天地的“衡星”，所以也就命名“衡山”了，古代传说轸星乃主管人间苍生寿命之神，故衡山又有“寿岳”之称。

南岳被称为“寿岳”也为历代帝王所认可，宋徽宗在南岳御题“寿岳”的巨型石刻，现存于南岳金简峰皇帝岩，康熙皇帝亲撰的《重修南岳庙碑记》首句即为“南岳为天南巨镇，上应北斗玉衡，亦名寿岳”，再度御定南岳为“寿岳”。

在南岳七十二峰之驾鹤峰上有“中华万寿大鼎”，据说，驾鹤峰应天上二十八星宿之轸星，因轸星主寿而得名，故此峰即“寿峰”。

这座大鼎被上海吉尼斯纪录总部认证为当今“世界最大的鼎”和“世界上寿字最多的鼎”。此鼎用锡青铜铸造，是目前世界上最高、最重、最大的鼎，也是第一次用“中华万寿”四字命名之鼎，是中华几千年博大精深的“寿”文化精华的浓缩，寓中华万寿、万民永寿之意。

此鼎高 9.9 米，寓九九归一，中华统一；重 56 吨，寓 56 个民族和睦团结，共兴中华。大鼎建造于千禧年世纪之交，上铸有 10000 个自中国有史以来各朝代、各民族和当代海内外优秀中华儿女所书写的不同字体的“寿”字，故名“万寿大鼎”。

寿文化常见于书画中。画中男寿星的形象是白须老翁，头大额突，一手扶鹿杖，挂一宝葫芦，另一手托仙桃，身旁鹿鹤相伴，以喻长寿；女寿星则以“麻姑献寿图”中的麻姑为代表。

南岳驾鹤峰上有“中华万寿大鼎”

寿文化起源于先人对天地自然运行不息的图腾和崇拜，苍天有好生之德，人们也把生命效法于天地自然，以期望享受应有的天年。

因此，人们将大自然的日、月、山、川，以及松柏、龟鹤等用来象征长寿吉祥，创造了如“松柏长青”、“龟鹤延年”、“福寿满堂”、“天长地久”、“江山不老”、“与日月同寿”、“福如东海”、“寿比南山”等词句，养成了丰富多彩的祝寿习俗，如称60岁为初寿，称80岁为中寿，称百岁为高寿。

儒家思想认为，包括人在内的自然万物的生长视为天地的本性，为天地之大德，这是最基本、最具有普遍价值的，因而生命是最珍贵的。《孝经》云：“天地之性，人为贵。”“身体发肤，受之父母，不敢毁伤，孝之始也。”儒家反对任何亵渎人生命的行为，反对自杀轻生。

佛家倡导“慈悲为怀，普度众生”，为人讲究慈善宽厚，佛家的素食文化也是长寿的饮食文化。

道家思想提倡“仙道贵生”，认为人的生命乃由道之天地灵秀之气而化生，得之不易，人要爱惜自己的身体，爱惜自己的生命，要贵生、重生、乐生、好生，提高生存的质量与生命的价值。

衡山是中国传统文化的集大成者，这里既有三皇五帝的远古传说文化，又有儒、释、道三教共存的文化，这些文化都带有着“寿”的文化，衡山的“寿”文化把儒、释、道三教文化连结了起来。

『中华万寿大鼎』铸有一万个不同字体的『寿』字

"南国故宫"南岳大庙

衡山延绵数百里，有寺、庙、庵、观等200多处，位于南岳古镇的南岳大庙，是中国南方和五岳中最大的古建筑群，有"江南第一庙"、"南国故宫"之称。

南岳大庙位于南岳古镇北端，赤帝峰下，它是一组集民间祠庙、佛教寺院、道教宫观及皇宫建筑于一体的建筑群。它始建于唐，后经唐、宋、元、明、清六次大火和十六次修缮扩建，现存建筑于清光绪八年（公元1882年）重建，它是仿照北京故宫而建的宫殿式古建筑群，因此有"江南小故宫"之美称。

大庙坐北朝南，四周围以红墙，角楼高耸。中轴线上的主体建筑由棂星门、奎星阁、正川门（正南门）、御碑亭、嘉应门、御书楼、正殿、寝宫、北后门依次九进组成，东边有八个道观，西边有八个佛寺，中轴线上则是儒家的建筑风格。

因道教有"紫气东来"之说，佛教有"西方极乐世界"之说，故道观与佛寺各列大庙东西，以示南岳佛道平等并存，堪称我国寺庙一绝。儒、释、道三教共存一庙，同存共荣，反映出三教同源而分支。每年农历八月十五，这里都要举行盛大规模的庙会。

据大庙导游介绍，早在明清时期，大庙就以其出色的木刻、石雕、泥塑被誉为"江南三绝"，并以八百蛟龙为最大特色，无论是殿宇的梁柱、屋檐，还是柱基、神座，乃至门框、斗拱，神态各异的蛟龙，随处可见，这里自古就有八百蛟龙护南岳

南岳大庙"镇岳石"和棂星门

南岳大庙奎星阁

钟亭

的传说。

大庙的正门是棂星门，这是第一进。“棂星”本是二十八宿之一，又叫天田星。据《星经》记载：门以“棂星”命名，意思是人才辈出，为国所用。

在棂星门上方的汉白玉碑上，有金光闪闪的“岳庙”二字。棂星门高和宽均为20米，厚1.1米，是我国现存的最高、最宽的石质牌坊大门。大门前立有“镇岳石”，这“镇岳石”仿佛就是南岳衡山的缩影，巍然屹立。

走过棂星门，进入了大庙，第二进为盘龙亭，又称奎星阁，古时于此演戏。阁楼呈木石结构，重檐歇山顶，覆黄琉璃，檐下饰斗拱、彩绘雕镂。南檐下有“奎星阁”竖额，柱联为：“亭有盘龙，何不在天飞霹电；岳常集凤，都来此地听箫韶。”阁的左边有钟亭，右边有鼓亭。

南岳大庙正南门

福寿自造不由天

南岳大庙第三进为城门式的正南门，城门有三大洞门，正中叫正川门。第四进为御碑亭，亭内有清康熙四十七年（公元 1708 年）为重修南岳庙而立的一个巨大龟驮石碑，碑文系康熙皇帝亲笔。

第五进为嘉应门，第六进为御书楼。穿过川门、御碑亭、嘉应门和御书楼，就来到了正殿，这是第七进。

正殿又叫圣帝殿，供奉圣帝火神祝融氏。圣帝殿高 21 米，宽 54 米，深 35 米，是大庙最高、最大的建筑，也是大庙中心。

祝融是远古时三皇五帝之一，他以火施化、教民熟食、生火御寒、举火驱兽而号赤帝，后被尊为火神、水火之神、南海神。祝融以南岳衡山为栖息之所，死后葬于衡山。人们为了纪念他，便把衡山最高峰命名为祝融峰，并建祠纪念，埋

南岳大庙"寿鼓"

葬他的山头叫赤帝峰。

《山海经·海内经》说："炎帝之妻，赤水之子听沃，生炎居，炎居生节并，节并生戏器，戏器生祝融"。由此可见，祝融系炎帝的第五代玄玄孙。祝融的后裔分为八姓，即己、董、彭、秃、妘、曹、斟、芈等，史书称为"祝融八姓"。

第八进为寝宫，亦称谨身殿，殿中设圣帝父母亲坐像，故亦称圣公圣母殿。

第九进为后山门，亦称北后门，是岳庙中轴线的终点。后山门有门柱联："注性优劣惟善人知此善地；生命寿夭皆由自造不由天。"出了后门，即可登山。

仁者寿（南岳大庙仁寿宫）

圣帝殿供奉圣帝火神祝融氏

御书楼

元归万化之宗（南岳大庙三元宫）

“天下法源”南台寺

衡山是南中国的宗教文化中心，秦汉以后，道教佛教相继传入南岳，涌现出一批又一批名道高僧。佛教弟子在衡山创立了沩仰宗、临济宗、曹洞宗、云门宗、法眼宗，法脉繁衍海内域外，佛史上称之为“五叶流芳”。唐时，南岳衡山成为南方佛教文化中心。

衡山也是南方最著名的道教圣地，有道教三十六洞天之第三洞天——朱陵洞天，七十二福地之青玉坛福地、光天坛福地、洞灵源福地。

山上寺庙很多，著名的有福严寺、南台寺、藏经殿、方广寺。福严寺、南台寺、上封寺，以及衡山城外的清凉寺、南岳古镇上的祝圣寺和大善寺，合称为南岳六大佛教丛林。

福严寺规模很大，称为“南山第一古刹”。方广寺处于南岳峰岭间，古树苍苍，流水潺潺，幽雅深邃，因而有“方广寺之深”的说法。

南台寺建于南朝，到现在约有1500年，位于瑞应峰下的三生塔南面，号称“天下法源”。南台寺山门挂“古南台寺”匾额，二进为弥陀殿，三进为佛殿，四进为法堂、祖堂、云水堂。

南台寺四周绿树环抱，寺内有虎耳草、七里香等奇特植物，最稀奇的是一种叫雪花的高山植物，它枝干低矮，开着金黄色的花，却不长叶子。

南台寺被视为曹洞宗祖庭

南朝梁天监年间海印禅师创建此寺，唐天宝年间希迁禅师将它定名为南台寺。

据宋《高僧传》、《五灯会记》载：希迁禅师（公元700—790年）听说六祖惠能南来韶州（今广东韶关）曹溪，便前往参学，唐玄宗开元十六年（公元728年）于罗浮山受戒，后又拜青原行思为师，传其法。唐玄宗天宝初年，希迁到南岳衡山受戒结庵于南台寺东大石上。

曹洞宗和南台寺所属的临济宗同出禅宗南宗创始人惠能一宗。南宋时，临济、曹洞二宗传到日本，清光绪二十九年（公元1903年），日本曹洞宗高僧梅晓来南台寺接连宗源，赠了不少藏经给南台寺，留下了“梅晓赠经”的佳话。日本佛教曹洞宗一直视南台寺为祖庭。

禅宗南宗在唐朝后期发展成为禅宗的主流，到唐末五代时期，派生五个流派：临济、曹洞、沩仰、云门、法眼，统称禅门五宗。五家当中流传时间长、影响较为深远的是临济宗和曹洞宗。

禅的特色在于“教外别传、不立文字、直指人心、见性成佛”，临济宗以“棒”、“喝”见称，其施教方式偏重于行动上的开导，较为活泼、生动；曹洞宗施教方式是“行解相应”，以坐禅向上一路，以探究学者心地为接机之法，具有哲学的辩证精神，自称其法门不论禅定精进，仅需了达佛之知见，即是“即心即佛”，心佛众生，菩提烦恼，名异体一。

南台寺号称“天下法源”

心佛众生，即心即佛（南台寺围墙）

磨砖岂能成镜

南岳衡山有八大胜景：祝融峰之高、藏经殿之秀、方广寺之深、麻姑仙境之幽、水帘洞之奇、大禹碑之古、南岳庙之雄、会仙桥之险。这南岳八大胜景使它赢得“五岳独秀”的美称。

麻姑仙境位于天柱峰下，是南岳“寿”文化的体现。相传这里为南岳魏夫人侍女麻姑给魏夫人祝寿的地方，景区采取“点石成景、引水造景、修路出景、植树添景”等造景手法，使麻姑仙境成为名副其实的人间仙境，主要景点有麻姑祝寿、绛珠亭、盗桃石、卧虎石、灵芝喷泉等。

又相传麻姑是传说中的女仙，为了在农历三月初三给西王母祝寿，她每年在衡山采灵芝酿酒，然后飞天去给王母作为寿礼。

南岳半山亭中心景区有个磨镜台景点，因唐代南禅七祖怀让大师以“磨砖不能成镜，坐禅岂能成佛”的禅理来悟化道一和尚而得名。磨镜台也成为了佛教禅宗南宗的祖源。

话说唐玄宗开元年间，禅宗北宗僧人道一，从四川来到南岳，选中磨镜台之地一块巨石北边不远的山崖，结庐为庵，坐禅于此。怀让大师于唐玄宗先天元年，来到南岳，先在磨镜台和半山亭之间的观音庵聚徒说法，着力宣扬惠能的“顿悟法门”。

一天，道一坐禅，怀让为感悟道一也坐在道一对面，他念了几遍惠能的梵语：“生来坐不卧，死去卧不坐，一具臭骨头，何为立功课。”后怀让手拿一块厚厚的石砖来磨。道一说：“你磨这石砖干什么？”

怀让答道：“磨作镜！”道一说：“磨砖岂能成镜？”怀让说：“磨砖既不能成镜，坐禅岂能成佛？”

麻姑仙境是南岳“寿”文化的体现

道一若有所悟，怀让接着说：“你是学坐禅，还是学坐佛？若是坐禅，禅是坐不出来的，若是坐佛，佛又没有固定的神态，能坐得成么？用坐禅求得成佛，这条路是走不通的。”道一大悟而拜怀让为师，专修“顿悟法门”。

后来道一到江西立身说法，开派临济宗和沩仰宗，并获得江西马祖的尊号。目前磨镜台景区有马祖庵，为道一在南岳创建的草庵。磨镜台后有七祖塔，系怀让墓。现在景区内保存有“祖源”石刻。

佛经云：“世尊于灵山会上，拈花示众。是时众皆默然，唯迦叶尊者破颜微笑。世尊曰：‘吾有正法眼藏，涅槃妙心，实相无相，微妙法门，不立文字，教外别传，付嘱摩诃迦叶。’”

摩诃迦叶尊者心领神会，与佛心心相印，从此开创了禅宗法门。这是直指人心、见性成佛的圆顿法门，实相无相，无言说可表，无文字可立。

磨砖岂能成镜?

磨镜台景区

禅宗六祖惠能开创了“顿悟成佛”法门，他在《六祖坛经》中说：“指授即无，惟论见性，不论禅定解脱。”他认为人都是有佛性的，只要“识自本心，见自本性”，皆可成佛！

惠能撇开繁琐的戒律，摆脱种种名相的束缚，只凭内心领悟自性体认本真，就可成佛，开创了中国佛教的南禅宗流派。

宇宙即佛性，本质是无形无相的，实相无相，这是十分微妙的，自性是不生不灭的，之所以有生死，这是由于有执著之心。既然佛性实相无相，无言说可表，禅宗的“不立文字，直指人心，见性成佛”和惠能的“顿悟成佛”，就是对实相无相的佛性最简单的证悟了。

极高明而道中庸

衡山半山亭附近有道观紫竹林，始建于宋，清代重修，整座宫观掩映在苍松绿竹之中。紫竹林山门紧靠登山公路东侧，山门额标有“紫竹林”几个字，门书楹联：“紫竹林中观自在，白云深处是道乡。”

宫观坐北朝南，两进三间殿堂。中殿为慈航殿，主祀慈航真人，左右分别为财神、药王、福禄寿三星等殿，丹房、客舍、瑶仙亭附于左翼。

紫竹林道观往上走是慈爱亭，这也是“寿”文化的一部分，路边有刻着一个“道”字的大石。“道”是生生不息的，无边无际，无始无终的，是最“长寿”的，不生不灭的。

继续往上走，福严寺后石崖上有高明台，有石刻“极高明”三字，据说是唐朝宰相李泌所题。李泌历仕玄宗、肃宗、代宗、德宗四朝，德宗时官至宰相，他亲佛，修道，融儒、释、道三者思想于一炉，曾两度隐居南岳。

“极高明”三字传为李泌在山中读书时手书，“高明台”因此而得名。福严寺僧人为高明台作联为“高无见顶相，明不借他光”。

孔子说“极高明而道中庸”。中庸之道的核心就在“中”，意思就是适度、

邺侯书院是我国历史上最早的书院

紫竹林中观自在

“道”是生生不息，最“长寿”的

丹霞寺创建于唐朝

唐朝宰相李泌所题“极高明”三字

湘南寺旁有大慈洞

适中、和谐，如：不多不少、不高不低、不热不冷、不快不慢等，还有佛家说的“不生不灭”。要达到极高大光明的境界，需把握中庸之道。极高明的境界也并不是处于很高的位置上才能获得，而在平常生活中也可达到。

儒家经典《中庸》开篇第一句话说：“天命之谓性，率性之谓道，修道之谓教。”天道的本性、法则叫做“性”，遵循天道和人的本性而为就叫做“道”，按照“道”的本性，来修正过与不及，使能合于正道，这称之为“教化”。

效法天道不偏不倚之性，达到天人相应而中庸，这是圣人所要达到的最高境界。君子之所以能合乎天性，是因为君子能随时守住中庸之道，无过与不及。中庸之道是一种平常之道、自然之道，因为世界本身就很平常，很自然，过分的偏离就会回归和纠正。

佛经说“无见顶相”，谓佛顶高至不得见之相。极高大光明反而是感觉不到了，不得见，因为最高境界的佛性是无形无相的，不可名状的，极高明的境界也是这样，无言说可表，这是很自然平常的。

其实，这自然平常的和谐就是佛，就是道，所谓大道至简，所以说，极高明而道中庸。

福严寺和高明台的附近是邺侯书院，唐时邺侯李泌赐隐于南岳烟霞峰下读书论道，后来李泌之子李繁为随州刺史时，在南岳建南岳书院（现名邺侯书院）以作纪念，时为公元816—824年，这是我国历史上最早的书院。

邺侯书院上行500米就见到铁佛寺，再过铁佛寺约800米，便是丹霞寺。丹霞寺是座著名的古寺，建于唐朝贞元年间（公元735—804年），由唐朝高僧丹霞禅师天然和尚创建，由山门、正殿、后殿及配房组成，山门镌联“经过都是有缘客，归去何须别看山”。

湘南寺位于丹霞寺之上500余米处，始建于唐朝，天然和尚曾任此寺住持。寺左有文殊洞，寺右侧有大慈洞、隐松岩等景点。

祝融峰点燃“寿种”

祝融峰高耸云霄，雄峙南天，是南岳衡山七十二峰的最高峰和主峰，“祝融峰之高”被誉为“南岳四绝”之首，其景点包括祝融殿、上封寺、望月台、祖师殿、南天门、会仙桥等景点。

“祝融万丈拔地起，欲见不见轻烟里”，这里体现出的是风光旖旎的南国景观，令人心旷神怡。环顾四周，云海涌动，山峦层叠，群峰竞秀，郁郁葱葱，生机盎然，是我心灵的牧场。难怪每年有数以百万计的游客来此眺群山，观日出，看云海，赏雪景。

祝融峰上一块刻着“寿比南山”几个大字的石块，是南岳衡山“寿”文化的标志。“寿比南山”一词出自《诗经·小雅·天保》：“如月之恒，如日之升。如南山之寿，不骞不崩。如松柏之茂，无不尔或承。”

这里的“南山”是指陕西秦岭终南山，“寿比南山”是祝寿颂词，是说人的寿命像南山那样长久。同时，衡山有南岳之称，故“南山”也指南岳衡山。古人认为南岳衡山上应二十八宿中南方七宿的轸星，轸星司衡主寿，故衡山为“寿

祝融峰点燃了人类文明的“火种”和“寿种”

登上祝融峰之路，象征着人类文明之“火”生生不息

祝融峰祖师殿

岳”。

唐代大诗人李白在《送陈郎将归衡岳》诗中写道：“衡山苍苍入紫冥，下看南极老人星。”“南极老人星”即“寿星”。

祝融峰是火神祝融氏的象征。传说祝融氏是火神，人类发明钻木取火后却不会保存火种和不会用火，据《山海经》记载，祝融的居所是南方的尽头衡山，是他传下火种，教人类使用火的方法。祝融氏住衡山，死后又葬在衡山，衡山成为了火种的保存和弘扬之地。

为了纪念祝融氏传下火种，人们将衡山的最高峰命名为祝融峰。

望着祝融殿和“寿比南山”大石碑，我想到，祝融氏传下火种，教人类使用火，是为了饮食生存的需要，这关系到人的寿命。祝融氏传下火种使人最终与动物区分开来，延长了人类的寿命，点燃了人类生命的“寿种”，并使得人类的文明之火不断燃烧。可以说，火神祝融氏是人类延长寿命和文明延伸的人文始祖，对人类具有开天辟地的伟大贡献。

火神祝融氏无疑也成为了“寿”文化的始祖，寿祖祝融氏在南岳“保存”火种，南岳衡山也就成了“火种”和“寿种”的一种象征和图腾。

终南山寻『佛』

终南山是佛教、道教圣地

天下第一福地

庚寅年夏天，我到西安、终南山、华山、武当山、神农架、古隆中、武汉等地云游及访友，历时一个多月。游罢西安后，我在一班友人的陪同下，到终南山南五台风景区游览。

终南山，又名太乙山、地肺山、中南山、周南山，简称南山，传说有太乙真人在此修炼过。终南山是秦岭山脉的一段，西起陕西省眉县，东至西安市蓝田县。

终南山主峰位于西安长安区境内，海拔 2604 米。终南山地形险阻，连绵数百里，著名的秀峰有王顺山、太兴山、嘉午台、翠华山、南五台、小五台、青华山、圭峰山、紫阁山、万花山、清凉山、望仙坪、楼观台等。

千峰叠翠，景色幽美，使终南山素有“仙都”、“洞天之冠”和“天下第一福地”的美称。唐太宗李世民曾写《终南山诗》：“重峦俯渭水，碧嶂插遥天。出红扶岭日，入翠贮岩烟。叠松朝若夜，复岫缺疑全。对此恬千虑，无劳访九仙。”

楼观台是道教祖庭，以春秋时天文星象学家尹喜迎老子于楼观，老子在楼南高岗筑台授经著《道德经》五千言而闻名。

南五台是我国著名的佛教策源地，初唐时，太宗李世民的母亲每年都要来南五台朝拜，更使南五台声名大振。到了近代，慈禧太后、蒋介石、宋美龄、胡宗南等也都先后游过此地。

终南山是佛教的策源地

名山修道　终南为冠

民国时期大居士高鹤年在《名山游访记》里写道："名山修道，终南为冠。"终南山自古以来是著名的修道圣地，据有关资料，中国佛教的宗派，若将三阶教包括在内，便共有九宗，其中三阶教、三论宗、唯识宗、净土宗、律宗、华严宗、密宗的祖庭都在长安，这7宗之中，又有5宗的祖庭或中心寺院是在终南山中。对于三论宗、华严宗和律宗来说，终南山可谓是它们的发祥地。

终南山不仅是佛教的策源地，也是道教的发祥地，更是著名的隐士文化基地。中国的隐士文化源远流长，历代在终南山隐居的达数万人，仅其中有迹可考者就达数千人。

一位在终南山修行了近20年的法师说："终南山北抵黄河，南依长江，西遥昆仑，东指大海，有王者之气。祖师大德，多聚于此。在这里修行的隐士规格

终南山谷有隐士

都很高，一般都是国师级，出现过智正、静渊、普安、静蔼、灵裕、虚云等多位高僧大德。而且终南山有一种‘气场’，能直通人心，在这里修道易成。”

这种利于修行、见道的“气场”，吸引了从古至今较多的修行者隐居于终南山，成为一代隐士，据说现在仍有几百人长期居住在终南山。

这些来自全国各地的修行者隐居在终南山山谷，住茅棚山洞，劈柴种菜，过着和一千年前一样的原始生活，或许在现代日益功利的社会中，他们选择回归山林是想保留那份天然至善的人性，和内心的恬静自在。

古人云，“小隐隐于野，中隐隐于市，大隐隐于朝”，“小隐在山林，大隐于市朝”。其实完全隐于山林而无所作为就等于逃避人生，贤者之归隐，更多的是归隐于自己内心深处的那份天然的本真，那份天然至真、至善、至美的人性。

古之贤者即使遁入山林也只是形式上的“隐”而已，而目的是在物我两忘的心境中，探究宇宙社会人生之大道，或弘道利生，或著书立说，或传道授业，或等待时机，待时机成熟而出来建功立业，雁过而留声。

如秦末汉初的五大隐士之一黄石公，后世流传黄石公写有《素书》和《黄石公三略》。秦时，张良因谋刺秦始皇不果，亡匿下邳，于下邳桥上遇到黄石公，黄石公三试张良后，授予《素书》。后来，张良做了刘邦的谋士，佐高祖定天下，兴汉邦，大部分是运用《素书》中的谋略。《素书》也就被后来人说成了“天书”。

终南山自古以来是著名修道圣地

南山神秀在五台

终南山南五台古称太乙山，为“终南神秀之区”，位于西安市长安区境内，距西安南约 30 公里，为终南山支脉，因山上有观音、灵应、舍身、清凉、文殊五个高台（即五个山峰）而得名。从山下看这 5 座山峰如笔架排列，又因其位于陕西耀县五台山（药王山）以南，故名南五台。观音台是南五台的主峰，海拔 1688 米。

据《关中通志》载：“今南山神秀之区，惟长安南五台为最。”南五台景区风景极其秀美，观音台峻拔凌霄，灵应台势若天柱，奇峰竞秀，古木参天，森林茂密，植物种类繁多，是西安近郊不可多得的天然动植物园。

南五台是我国著名的佛教圣地之一，寺刹林立，如弥陀寺、圣寿寺 (塔尔寺)、五马寺、白衣堂、五佛殿、胜宝泉 (宝泉寺)、紫竹林寺、黑虎殿、西林寺 (大茅棚)、观音台寺、小茅棚等，这些大小不一的寺院，分布在南五台各个台上，布局有序，建造精巧，引人入胜。南五台庙宇建筑始于西汉，盛于隋唐，到明清时期有大小寺院 40 多座，后历经战乱，大都荒废。

弥陀寺，位于南五台北坡台沟口土地祠南，是南五台景区山下一处较大的寺院。据传，该寺创建于隋，1943 年蒋介石在皇甫召开军事会议时，曾到过此寺。1944 年春，国民党派张治中、邵力子与中共代表林伯渠、吴玉章等，在此寺举

终南山南五台是神秀之区

行秘密会谈，商讨抗日事宜，为“双十协定”作筹备。

圆光寺，建在观音台上，初建于隋仁寿年间 (公元 601—604 年)，供奉的是观世音菩萨。相传观音大士现比丘身，以妙智力降伏毒龙于此，并且在宋太平兴国三年 (公元 978 年) 夏，前后六次现五色圆相祥云等瑞气。

黑虎殿，创建于隋唐，后历毁屡修。黑虎殿源于观音大士降伏火龙之传说，据传观音驱赶火龙于山中，得到黑虎和五马相助，观音显灵于五彩祥云中，敕封黑虎为护法神，民众敬仰黑虎，为之建庙。黑虎殿里面有一棵 1500 年的侧柏树，形如虎跃，神如龙腾，犹如立地巨人。这棵侧柏树旁竖立的简介牌上写道：“树龄 1500 年，胸径 3 米，树高 26 米，此树为隋唐时期栽植，1936 年遭雷击，部分枝干已枯，后又发出新枝，依然苍翠，其粗枝如龙腾。”

火龙洞，位于二天门之内，据传此洞是火龙穴盘之处。据现存圣寿寺《观音大士伏龙赋并序》石碑所述：隋仁寿中，有毒龙穴于此山之窟，此火龙能屈、能伸、能飞、能伏，养鳞爪于阴崖，奋腾拿于幽谷，甲生火所居之地，草木童然，树皆枯，烈焰张，飞走绝迹。继而火龙幻为羽客，以丹术惑人借以食之。后观音大士为普救众生，降伏了火龙，降惠雨于南五台，洒遍黄花翠竹……

该碑文在结尾对此故事作了评说：“此则伏龙之说，乃释化寓言以火喻人之欲火，以降龙喻佛能制欲身。降火龙之事殊不足信，俗传如是耳。”

此评说点出了该故事的寓意，人的欲望之火往往是无穷无尽的，如不加以克制，就会引火烧身。故事还有更深一层的寓意，就是正义终会战胜邪恶。

黑虎殿源于观音大士降伏火龙之传说

观音大士应身降毒龙

圣寿寺，位于终南山南五台塔寺沟，建造于隋代仁寿年间（公元601—604年），据说隋文帝杨坚和他的母亲常来此消夏避暑礼佛，隋文帝奉其母之命所建。初唐时，太宗李世民的母亲每年也要来此朝拜几次。

现存的圣寿寺，占地9000多平方米，为清代修葺的建筑。作为东土历史上最早的观音道场，兴盛时期寺院自有土地达400余亩，住僧1300多人。

圣寿寺内还存有清朝道光二十九年（公元1849年）的观音大士伏龙赋并序碑，及民国三十四年（公元1945年）的莲宗十三祖印光大师遗像碑各一通。

寺内大雄宝殿北侧矗立着隋代建造的圣寿寺塔，即观音大士应身古塔，又称应身大士舍利塔，建于公元604年，高26米，塔底边长7.5米，仿木结构，距今已有1400余年，据宋《咸宁县志》载：“寺中隋塔，乃应身大士圆寂塔。”

据寺内收藏道光二十九年的伏龙碑记载：隋仁寿年，有毒龙穴居此山中之窟，游长安市，以丹术惑众，饵其药者，辄自升天，龙获而食之。后一人食药升之不举，龙觉逃去，其人亦不复见。俄而，雷电交作，雨血卒下，识者认为大士伏龙也。当事闻于朝，奉敕建塔，名为：观音大士应身塔。

由于观音菩萨在这里显化，救度长安一带的民众，朝廷遂敕令建塔，这也是历史上最早为观音大士建立的宝塔。目前全国仅存的两处

圣寿寺观音大士应身古塔

观音大士应身塔，一处是圣寿寺应身大士舍利塔，另一处是延安宝塔山的宝塔。

延安宝塔山宝塔建于唐代，高 44 米，共 9 层，它是历史名城延安的标志。宝塔山宝塔的存在，与“黄金锁骨菩萨”的传说故事联系在一起的。据《续玄怪录》和《太平广记》记载：昔日延州有一妇人，其实是锁骨菩萨的化身，她为了普度众生，不惜忍辱负重满足人间私欲，死后又遭世人鄙视，后被西域僧人说破，“众人即开墓，视遍身之骨，钩结皆如锁状，果如僧言”。这启发了民众“知耻”而觉悟，并为妇人设大斋，建宝塔，这是锁骨菩萨应身教化的力量。

锁骨菩萨应就是观音大士，这又是一个观音大士在延安地区应身教化众生的故事。

南五台圣寿寺除了大士应身塔外，在寺东松林中，有近代高僧莲宗十三祖印光大师影堂石塔。印光大师出生于陕西，他辞亲离家后，曾在终南山隐修过一段时间，与圣寿寺结下了不解之缘。大师圆寂后，十方信士于民国三十四年（公元 1945 年）将大师舍利移入圣寿寺内建塔供养。

印光大师作为莲宗十三祖，在净土宗中地位极高。他与圣寿寺的殊胜因缘，更加凸显了观音信仰与净土信仰的密切关系。印光大师被人们认为是大势至菩萨的化身，而据说，大势至菩萨为净土宗初祖。

观音与势至作为阿弥陀佛的二胁侍，帮助弥陀接引人们往生净土。如此一来，寺内就有观世音菩萨应身塔、大势至菩萨化身塔，如此圣迹为罕世稀有！

寺前现存两棵唐古槐，高约 30 米，树围粗达四五米，枝繁叶茂，生机勃勃，巍然屹立，似乎是观音菩萨与大势至菩萨的化身，并诉说着圣寿寺的千年历史。

有着锁骨菩萨应身教化传说的延安宝塔山宝塔

古寺无灯凭月照

我们沿途上山到达紫竹林寺。紫竹林寺位于南五台海拔 1500 米处，于竣拔秀峭之岩壁间，为南五台最具规模的寺院，是终南山一处重要的佛教活动场所和旅游胜地。

紫竹林寺背靠南五台主峰观音台，俯瞰长安阡陌平畴，西临竹谷峪，东望灵应台，清净幽雅，是难得的佛门净地，迄今已一千多年，自隋唐至今香火不绝，各朝各代都有高僧住寺修行，历朝历代尊为皇家寺院。

清末紫竹林住持怡峰禅师这样描绘紫竹林的胜景：“前有长安明灯照，后有松屏随意靠。左有甘泉清香美，右有石莲登远眺。”

紫竹林寺山门

该寺因寺门口有一巨石酷似犀牛，故古称大石头。紫竹林今存光绪年间刻《重修紫竹林碑记》载：“紫竹林者，大石头之更名也。庙邻南海之殿，寺居南山之颠，云殿崔嵬，灵光昭著，为终南五台中第一佳境也。自名以来称观音大寺，光绪二十三年（公元 1897 年）春仲重修时更名为紫竹林。”

寺院山门外有一副石刻对联：“古寺无灯凭月照，山门无锁待云封。”

我想，这正是山林寺院的真实写照，修行之人回归到大自然之中，是自然之子，心门也无锁，永远向大自然闯开，心“无所住”，明心而见性也。

寺门口那酷似屈腿静卧犀牛的巨石，仿佛在望着月亮，这“犀牛望月”为五台胜景之一。犀牛巨石是南五台镇山之宝，其稳住了这里的气场。在周易中，“牛”为“坤”，是大地的象征。“犀牛”也是神话传说中的灵兽，民间传说，夜间点燃犀牛角可以看见冥界的鬼魂。这是古代天地万物为一体相应相通的观念。“犀牛望月”也体现为身心寂静的状态，这是修道者的境界。

巨石内有石雕刻的观音菩萨坐像，坐像上有一对孩童。观音菩萨坐在“犀牛”巨石内。我想，这寓意着观音菩萨守护着大地众生。

紫竹林因地依势分上下两院，上院由灵光殿和塔院组成，下院正中为圆通宝殿，内奉观音大士圣像，观音大士端坐紫金莲台上，慈眼注视着天下苍生。

东厢“佛光阁”与犀牛石相依，西厢“紫薇阁”与白龙洞为邻。院内青石铺地，雕栏玉砌，清净幽雅。

晨钟、暮鼓、经声、佛音响彻云宵，在山谷中回荡，紫竹林寺就像是端立于灵山上的西方极乐圣境。紫竹林是终南山上的一颗璀璨明珠，千年来成为十方善众朝拜、修养、论道的圣地。

紫竹林寺门口有一巨石酷似犀牛

紫竹林观音大士成道

在紫竹林，我拜访了寺院住持、终南山佛教协会副会长宽印法师，宽印法师给我讲了观音菩萨在南五台成道的传说。

据他介绍，南五台因观音大士降伏火龙而成为观音菩萨的先天道场，是民间信仰观音文化的发祥地。紫竹林是观音成道圣地，紫竹林观音盛会自唐代以来几经兴衰，延续至今，香火不绝。传说观音大士在没有正式成道前，在此处普度众生。

据古代传说，混沌之初，开天辟地以来，观音大士在昆仑山出家修道成仙，后来经燃灯佛祖指点，拜阿弥陀佛为师，由道教转入佛教继续修行，由师指点来到长安终南山五峰（即现在的南五台）修道，此处风景秀丽，竹林茂盛，环山抱水，气候宜人，是一处难得的修行之地。经过漫长的岁月，在商、周之际，观音大士修炼得道，佛教尊为观音菩萨。

作者与紫竹林寺住持宽印法师（右）

在长安终南山五峰下修炼得道后，观音菩萨在长安一带广度众生，受到人们世代宣扬。观音菩萨在周时曾受到周天子敕封，由此终南山成为最早由国家认定的观音道场，比普陀山的观音造像早300多年。

相传在唐朝时，有

日本僧人惠锷慕名到南五台紫竹林参拜观音菩萨，心生恭敬，并请长安最好的工艺师，依照南五台紫竹林寺院供奉的观音圣像仿制了一尊木像，由长安出发，从上海装船运往日本。船行至舟山群岛（普陀山）附近时，风浪很大，莲花挡住海路，不能前行，日本僧人多次虔诚祈祷，船还是行不了，日本僧人感慨万千……

惠锷向佛像祷告："若我国众生无缘见佛，当从所向建立精蓝。"忽见舟山群岛上有一地方，放五色祥光，大地震动。

日本僧人掉转船头，虔诚恭敬地将观音菩萨像暂时供奉在普陀山岛上放光之处。有当地居民张氏睹此灵异，遂舍宅供奉佛像，称之为"不肯去观音院"，这就是普陀山成为观音道场之开始，惠锷也成了普陀山的开山祖师。"不肯去观音院"现于浙江普陀山紫竹林中，观音院前有潮音洞。

紫竹林是观音成道圣地

紫竹林清净幽雅

《普陀山志》记载："有顷，舟行，竟止潮音洞下。居民张氏目睹斯异，亟舍居所，筑庵奉之，呼为'不肯去观音院'。"

观音大士文化在佛、道二教互相渗透，互相吸收，共同信仰。观音大士在道教中称为慈航道人，属元始天尊门下，为道教传说中的"十二金仙"之一。

传说因纣王无道，常将百姓致残，以取妲己欢心，欲要慈航之母的手眼，慈航主动献出了自己手眼，其孝心感动上天。后来，女娲娘娘传慈航千手千眼之术，并指引其拜师于元始天尊，传说元始天尊传授慈航一本天书——道德天尊（也称太上老君）的《道德心经》，让其在普陀山修道成仙，称为慈航道长。

观音弘道在普陀

观音成道在南五台，弘道在普陀。浙江普陀山四面环海，风光旖旎，幽幻清净，被誉为“第一人间清净地”。南宋嘉定七年（公元1214年），官府又规定普陀山以供奉观音菩萨为主，从此“南海观音”、“南天竺”闻名海内外。至清末，全山已形成3大寺、88禅院、128茅蓬，僧众数千。

普陀山是全国著名的观音道场，其宗教活动可溯于秦，原始道教及仙人炼丹遗迹随处可觅。普陀山现有普济寺、法雨寺、盘陀庵、灵石庵等寺庙和潮音洞、梵音洞等名胜，寺院无论大小，都供奉观音大士。

普陀山香火极盛，尤其是中国民间传说的农历二月十九观音诞辰日、六月十九观音成道日、九月十九观音涅槃日，香火达到最高潮，山上人山人海，寺院香烟缭绕，一派海天佛国景象。日本、朝鲜、韩国和东南亚的善男信女，常常不远千里而来叩拜。每逢佛事，普陀山屡现瑞相，信众求拜，灵验频显。

普陀山南海观音菩萨宝像以及南海观音大厅、南海观音广场，位于普陀山濒临莲花洋的龙湾岗巅，历时4年，于1997年10月建成。南海观音菩萨宝像清静庄严，已逐渐成为来山香客和游人慕名朝礼、观瞻的一大圣境。

终南山紫竹林寺“犀牛”巨石内的观音菩萨坐像

据说，1997年10

月30日（农历九月廿九日），普陀山南海观音露天铜像建成。开光之前，铺天盖地的乌云席卷天空，一场倾盆大雨似乎已不可避免，寺院准备了雨衣4000件，以备法会使用。

本来预定上午8时准时进行的开光，也因故延迟了15分钟，8时15分，当主持法会的法师宣布铜像开光大典开始的刹那，天开洞门，仿佛有一双无形的巨手在这一瞬间拨开了乌云，一束阳光透过云层直射下来，直至观音像，就在此时白光中显现出观音站在莲花台上的立姿影像，此过程持续了20多分钟。见此奇异天象，这时几千人俯身叩拜，所有在场的人都无法解释这种现象，对此现象，科学上目前仍无法解释。

我理解，或许由于芸芸众生都对观音极度虔诚，观音的形象深入人心，此时此刻，形成了一股强大的信息场并接通了天上的“元气”，这种信息场以观音“显圣”的现象表现出来。

佛教《华严经》有“观自在菩萨在普陀洛迦山”一说，使普陀山成为观世音之圣地。“千处祈求千处应，苦海常作渡人舟”的观音大士，是世上佛教信众的信仰核心。

普陀山将终南山南五台发祥的观音文化弘扬光大，同样都有“紫竹林”，紫竹林可以说是观音文化的一个代名词。

终南山南五台与普陀山都有“紫竹林”

广东西樵山耸立着世界第一观音座像

“坐禅论道”结“书”缘

在南五台紫竹林，我送了所著的《大道行踪》一书给紫竹林寺住持宽印法师，他回赠了《终南山佛寺游访记》一书给我。

在寺院，我还结识了来自西安的一位知名书画家吴子华，其号醉墨轩人，吴子华知道我喜爱游山玩水，寻佛问道，说与我有缘，他在紫竹林寺厢堂当场挥毫，书写了一幅“坐禅论道”的书法送给我，另也赠给我其所著《吴子华书画选》一书，该书精选了吴子华历年创作的书画。我也回赠了《大道行踪》一书给他。

吴子华生长在秦巴山脉，饮汉水、长江水长大。秦巴汉水相依相拥，一草一木都孕育着灵气。

吴子华说，在这种和谐质朴的山水气场中，从中参悟出了“大拙为巧”、“大奇出神”、“由心生法”的道理。画乃我自画，书乃我自书，用“藏”、“巧”、“拙”形成“有我”风格，同时凭借“神”、“韵”、“形”以“无我”来洁净灵魂。笔下不再是“物体”与“地理”的秦巴书画，而是更多的融入灵感和精气的“动漫”。

他说，艺术是一种追求，是一种态度，是一种人生境界。书画作为一门艺术，它是技巧、悟性、情感相互交融贯通的产物。

吴子华以“自然为师”超越了传统的局限，走出了一条属于自己的路，创立了“秦巴山水风水画派”。他的书画作品

左一为书画家吴子华，左二为紫竹林寺住持宽印法师，右一为作者，右二为西安青华宫住持黄世真

张扬着“画乃我自画”的洒脱个性，体现了用心来谱写着大自然的山山水水，用灵魂来书写世间的点点滴滴。正如他所说：“由心生法，立万象于胸怀，化气韵为意境。”

我想，吴子华就是一个修行者，他通过书画创作，“由心生法”达到一种与大自然融为一体的“无我境界”，这正是佛道两家的境界。

吴子华自幼得秦巴山水之灵气，博学多才。从他所赠送给我的书法——“坐禅论道”可看出，其书法狂野多姿，飘逸自得，有古筝之玄妙，满纸充满着淋漓的激情，这与他早年军旅和从政的经历分不开。

“禅”，意谓思维修或静虑。坐禅，就是趺坐而修禅，是佛教修持的主要方法之一。修禅也就是修定，修定可以发慧，同时也是民间爱好佛学者修身、养性、养生、悟道的一种修炼方式。中国禅宗主张不立文字，“教外别传”，以坐禅为唯一的修持方法，息虑凝心，究明心性，达到了悟自心、本来清净的境界。

《增一阿含经》卷十二说：“坐禅思惟，莫有懈怠。”《禅源诸诠集都序》说：“无漏智性，本来具足，此心即佛，毕竟无异。”

《道德经》说：“致虚极，守静笃。万物并作，吾以观复。夫物芸芸，各复归其根。归根曰静，静曰复命。”《易·系辞》曰：“寂然不动，感而遂通天下。”

所谓“水静极形象明，心静极则智慧生”。静下心来，心水清了，境界才会高。对佛道两家来说，“坐禅论道”乃大解脱的法门，按我理解，坐禅或静坐之道是人体小太极与宇宙大太极相沟通的一种方式，神通智慧德行自此而生，达到开悟增智，顿悟宇宙人生大道。

一座山就是一个世界，构成了无数的大千世界（吴子华山水画）

唐国太拜佛露大脚

紫竹林住持宽印和尚送给我的《终南山佛寺游访记》一书中，记载着一个唐太宗李世民与母亲到终南山拜佛的故事：

唐贞观年间，风调雨顺，国泰民安，唐太宗李世民信奉佛教，终南山佛寺林立，香烟缭绕。长安城朱雀门向南，数丈宽御路直通终南山。平日里，李世民母亲每隔一段时间便携家人随从，上终南山降香拜佛，逢上盛大佛教节日，唐太宗也和群臣去终南山降香。

有一年春天佛诞日，内侍官奏圣上，国太今日要去终南山降香拜佛，李世民亦有带群臣拜佛之愿，就传下圣旨，给国太备上八抬大轿，自乘华盖锦车，群臣骑马，随从御林军护驾，于长安城朱雀门外集中同往。

启驾前，唐太宗来到国太轿前，只见轿帘垂放，国太一双大脚伸出轿外，唐太宗微皱双眉心想，今日满朝出动，群臣若看见国太这双大脚，多有不雅，颇碍观仰，就将脸凑到轿前，轻声慢语亲切地说：“母亲，请将脚放进轿里。”

怎耐各人心思不同，国太听此言语，甚感不悦，随之动怒心里说，人常言，子不嫌母丑，你今个当了皇帝，倒嫌弃起你老娘的一双大脚来了，就是这个粗手

贞观十九年的南五台安仙宫

大脚的母亲，可生了你这个皇帝儿子！想到这里，高声传令下人曰：“先打轿回宫，国太我要独自进山降香拜佛!”

这下让唐太宗作难了，好端端一件兴事，谁料自己好心一句话倒落下这个难堪场面，一时倒没了主意。

一臣见此，急于替君解忧，虽有一语道破天机之嫌，也顾不得许多了，就上前奏曰：“臣有一言，不知当讲不当讲?”太宗以昭示其讲下去，那臣奏：“今日拜佛上香，春暖气爽，可否破例卷帘，一则让国太观赏沿途樊川春景，二则沐浴春风春光，以享拜佛赏春之福之乐。”唐太宗一听此言，知其是取悦于国太，立即应允说：“就依爱卿之言，让国太尽情欣赏沿路春景。”

终南山佛寺林立，香火旺盛

另一臣见国太听此言表情平静，知道国太心里喜悦，亦急忙说：“哎啊，国太如此大福大贵之脚，真乃我大唐之万幸万福啊，国太双脚之巨乃吉兆我大唐根基如泰山之稳，今佛诞吉日亮相，乃小臣之福，乃佛降我大唐大吉大福啊!”

此臣之言，语出多有“大”字，且“大”与“吉福”、“国运”巧连，惹得国太笑了。太宗见母亲转怒为喜，甚是高兴。

启驾了，大队人马离开长安朱雀门，沿着南去的御路，浩浩荡荡向终南山开去。

唐太宗和唐国太享拜佛之乐（西安大雁塔景区外墙刻画）

大慈大悲包容心

唐太宗与母亲到终南山拜佛的故事中，国太露出了一双大脚，“大脚”在古时被视为不雅，后来唐太宗和群臣“包容”了这双“不雅”的大脚。国太在终南山拜佛露出大脚，也寓意着“佛”的包容性。

懂得“包容”，才能赢得人心。

唐贞观后期，中国历史上最负盛名的谏臣魏征在其著名的《谏太宗十思疏》中说：“虽董之以严刑，振之以威怒，终苟免而不怀仁，貌恭而不心服。怨不在大，可畏惟人；载舟覆舟，所宜深慎。”

这意思是说：要使人心服不在于严刑威怒，而要有怀仁之心，如果人心背离就会变得可怕了，水能载舟也能覆舟。

唐太宗对魏征这一观点十分欣赏，他在《论政体》中说：“君，舟也；人，水也；水能载舟亦能覆舟。”

人民的力量是伟大的，民心是重要的，其可联结成一股强大的力量，这可比喻为水，水是无形无状，柔弱到一支竹竿就可以穿透，但当它凝结成坚冰时，则是一道无可摧毁的钢铁长城！执政为民，善待民情，尊重民意，懂得包容，赢得民心，这是为政所要遵循的。

孔子曰：“君者，舟也；庶人者，水也。水则载舟，水则覆舟，君以此思危，则危将焉而不至矣！”古时君主比喻为舟，百姓比喻为水，水既能使舟安稳地航行，也能使舟沉没。

清之后，万里长城及其关隘不再修固，对塞外民族采取柔怀德化的政策，以收其归顺之心，康熙指出：“形胜固难凭，在德不在险。”这其实就是佛家所说的“包容”。懂得包容的道理，就会无往而不胜，因为包容实质就是拥有所包容的一切。

万里长城凭险而立，但有容乃大，包容天下，更能赢得天下归心

泱泱中华大国，在历史长河中，尽管民族的地域和风情文化不同，但以中华文化包容天下，中华56个民族紧紧地团结在一起，必会国强民富。

常言道“退一步海阔天空”，生活中需要包容，包容了别人，就等于包容了自己，人与人之间要和睦相处，要与人为善，这是对人的缘分和生命心存感恩。

这种包容正是观音菩萨的“大慈大悲”。

这种包容性正是佛“缘起”、“平等”基本理论的体现。所谓缘起，佛教指事物皆因种种条件 (即因缘) 和合而成立，世间的一切，都是相互依存的。

所谓平等，是指万物在本质上并无分别，这本质就是自然的自性、本性。佛教经典《华严经》说：“如心佛亦尔，如佛众生然，心佛及众生，是三无差别。”

心是自性、本性，“一切万法不离自性”，从“自性”无区别来看，佛就是众生就是自性，众生就是佛就是自性；迷失了自性就是迷失的众生，体悟到“自性”就是佛。

六祖惠能闻《金刚经》“应无所住而生其心”而大悟，说：“何期自性本自清净，何期自性本不生灭，何期自性本来具足，何期自性本不动摇，何期自性能生万法！”

自性，本来是不垢不净的，本来就是清净的，不生不灭的。自性是平等的，在本质上万物并无分别，并无所谓的“长城”，世界应是包容的，一个包容的社会自然就是一个和谐的社会，一个和平的世界。

体悟到自性、本性和包容，就自然会大慈大悲。《观无量寿经》说：“佛心者，大慈悲是。以无缘慈，摄诸众生。”《大智度论》说：“大慈，与一切众生乐；大悲，拔一切众生苦。大慈，以喜乐因缘与众生；大悲，以离苦因缘与众生。”

与一切众生乐，拔一切众生苦，大慈大悲，这是发自对众生，对大自然包容的佛心。

做人处事应有包容之心，豁达开朗，宽宏大量，广结善缘，这样，社会就会变得更和谐，更美好。

大乘佛教强调众生平等，慈悲普度，（五台山菩萨顶“大乘门”）

黄智华

对远方知色界空

唐代大诗人白居易曾登上南五台赋诗一首："临高始见人寰小，对远方知色界空。回首却归朝市去，一稊米落太仓中。"站在南五台之上远眺，就会感觉到天地之浩瀚，个人的微不足道，更能感悟到"色即是空，空即是色"的境界。

南五台有观音、灵应、舍身、清凉、文殊五个高台（即五个山峰），宋张礼《游城南记》曰："南五台者，曰观音，曰灵应，曰文殊，曰普贤，曰现身，皆山峰卓立，故名五台。"普贤即现在的清凉台，现身即现在的舍身台。

从山下遥望南五台，有一笔架状山峦，为南五台最高之山峰，即观音台。观音台又称大台，印光、道安、海登等大德高僧曾在此修行。大台圆光寺初建于隋仁寿年间，在此之前称为观音寺，寺内供奉观世音菩萨。

"临高始见人寰小，对远方知色界空"（南五台秀色）

在佛教中，观音菩萨是西方极乐世界教主阿弥陀佛座下的上首菩萨，同大势至菩萨一起，是阿弥陀佛身边的胁侍菩萨，并称“西方三圣”。

根据《悲华经》记载，过去阿弥陀佛为转轮王时，大太子是观音菩萨，二太子是大势至菩萨，三太子是文殊菩萨，四太子是普贤菩萨。后来转轮圣王修行成佛，即西方极乐世界阿弥陀佛，观音和大势至成为父亲的左右胁侍。观音菩萨代表慈悲，大势至菩萨代表喜舍。

大势至菩萨被认为光明智能第一，以独特的智能之光遍照世间众生，所到之处天地震动，保护众生，免受血光刀兵邪魔灾害。

据《观无量寿经》说，大势至菩萨“以智慧力，拔三涂苦，得无上乐，故名大势至。”三涂苦指地狱、饿鬼、畜生三者。大势至菩萨是属马人的本命佛，大势至菩萨圣诞在农历七月十三。江苏省南通市南郊的狼山，在中国佛教典上，是大势至菩萨的道场，名寺古刹狼山广教寺蜚声海内外。

观音菩萨在无量劫以前，就成佛了，号“正法明如来”，其形象是手持净瓶杨柳，大慈大悲，普救人间疾苦。菩萨的应化道场，多有记载，例如，终南山南五台是菩萨先天根本道场，位于浙江舟山群岛的普陀山，世称观音菩萨道场，其名载于《华严经》，是弘法道场。

南五台五峰是连接上天“缘”的柱子，吸收着上天的元气

现在佛未来佛聚灵应台

清凉台原为普贤台，普贤台代表着普贤菩萨。普贤菩萨与释迦牟尼、文殊菩萨合称为“华严三圣”。普贤与文殊为释迦牟尼佛的二胁士，普贤侍右，主侍定德门，文殊侍左，主侍智德门，表示如来教法，是行解并进，定慧双修。普贤菩萨是属龙和属蛇的人的本命佛，普贤菩萨的道场在四川峨眉山。

文殊台位于观音台与清凉台之间，殿内供奉文殊菩萨塑像。文殊菩萨，代表聪明智慧，因德才超群，居菩萨之首，是除观音菩萨外最受尊崇的大菩萨。文殊菩萨在道教中称文殊广法天尊，山西省五台山是文殊菩萨的道场。

灵应台在文殊台东，海拔 1500 米，略低于观音台，但连上建筑高于观音台，庙宇底层为罗汉堂，供奉弥勒佛和众多罗汉，二层是灵应殿，供奉释迦牟尼佛，三层供奉的是玉皇大帝、孔子和众多道教神仙。

灵应台是三教合一，其按建筑算是五台中最高，这或许在说明，达到最高的境界是万法归宗，无差别性。

灵应台庙宇供奉着释迦牟尼佛、弥勒佛，因而灵应台也可称为佛台。释迦牟

南五台——灵应台、清凉台

尼佛是佛教创始人，尊称为佛陀，意思是大彻大悟的人，农历四月初八是佛祖释迦牟尼的诞辰日。

弥勒佛是中国民间普遍信奉、广为流行的一尊佛。据佛经记载，弥勒出生于古印度波罗奈国的一个婆罗门家庭，与释迦牟尼佛是同时代人，后来随释迦出家，成为佛弟子，他在释迦入灭之前先行入灭。

释迦预言，弥勒离开此世间后，将上升兜率天宫，与诸天演说佛法，直至释迦灭度后567000万年时，才下天宫，来人间在华林园龙华树下说法，广度众生。弥勒的净土信仰思想主要分为兜率净土和人间净土。

弥勒佛是未来佛，是现在佛释迦牟尼佛的继任者，以此说法，世界或地球可能还有567000万年寿命，当然，这期间人类或已经过了无数次的文明轮回。

释迦牟尼佛是佛教创始人

贵州省铜仁市梵净山自古以来就有弥勒道场之说，在明代就已形成弥勒道场，是弥勒佛的主道场，被视为与四大佛教名山并列的第五大名山。

另外，也有说法，弥勒佛的弘法道场在中国佛教胜地之一的辽宁省鞍山市千山。千山于1993年6月4日发现天然巨石弥勒大佛像，据说同年8月9日开光盛典上，在天空中出现了弥勒佛光云图像。

弥勒佛是未来佛，是释迦牟尼佛的继任者

越过“地狱之门”

灵应台过后，东北方有一小峰在外者为舍身台。据传在隋时，灵应台寺庙有一法师，忽一日左手持如意宝珠，右手持禅杖，出了灵应台寺，向舍身崖飞奔而去。徒弟俯视深渊，却不见其师父肉体。忽一徒喜曰：“师父在对面山上。”

众徒抬头仰望，只见对面台上佛光闪烁，师父现身于对面台顶。徒弟们这才明白，师父已骨肉分离，修成正果。

舍身台又名现身台，是和尚肉体舍身跳崖后现身之处。我认为，舍身台寓意着“地狱之门”，和尚舍身跳崖，其肉体和灵魂都升华了，都越过了“地狱之门。”

这个故事寓意着要越过“地狱之门”，就要放下执著之心，功德完满，解脱生死，才能达到光明的彼岸，修成正果，成就佛道。当然，不珍惜生命轻易舍身，以及十恶不赦之人是难以越过“地狱之门”的。

舍身台是“地狱之门”，所以也可称为“地藏台”，代表着地藏菩萨。地藏菩

南五台分别代表着佛教四大菩萨和现在佛、未来佛

萨是佛教四大菩萨之一，由于《地藏经》中讲述了地狱的情况，和地藏菩萨发出誓度尽地狱众生的大愿，所以在民间，常把地藏菩萨看成是地府的主宰，又称为“幽冥教主”。

地藏菩萨原可以成佛，但见地狱里有无数受苦的魂灵，不忍离去，于是留在地府，并立下重誓：“我不入地狱，谁入地狱；地狱不空，誓不成佛！”地藏菩萨的大愿是教化和度尽众生越过“地狱之门”，地藏菩萨象征着愿力。

据《地藏菩萨本愿经》记载，地藏菩萨在忉利天宫受释迦牟尼佛的咐嘱，在释迦牟尼佛涅盘后至弥勒佛降生人间前这段时间内，六道一切众生皆由地藏菩萨来教化。地藏菩萨道场在安徽省池州市九华山。

由此，南五台的五个台其实就分别代表着佛教四大菩萨，即观音菩萨、文殊菩萨、地藏菩萨、普贤菩萨，以及现在佛释迦牟尼佛、未来佛弥勒佛，其中代表释迦牟尼佛、弥勒佛的灵应台最高。

观音、文殊、普贤、地藏是大乘佛教最著名的四大菩萨，都是慈航普度，观音表慈悲，文殊表智慧，普贤表行践，地藏表愿力，是示现教化四种理想“愿、行、智、悲”的人格，大乘佛教理念的人格化凝聚在四大菩萨之中。

四大菩萨作为助佛弘化而担当重任的法身大士，围绕着灵应台的释迦牟尼佛、弥勒佛，这就相当殊胜了。南五台这五台的五峰就像五尊佛那样矗立着，连接着上天，吸收着上天的元气，给世间带来了风调雨顺。

地藏菩萨象征着愿力（广东清远飞来寺）

地藏菩萨立下重誓：“地狱不空，誓不成佛”（广东清远飞来寺）

我与佛合一体

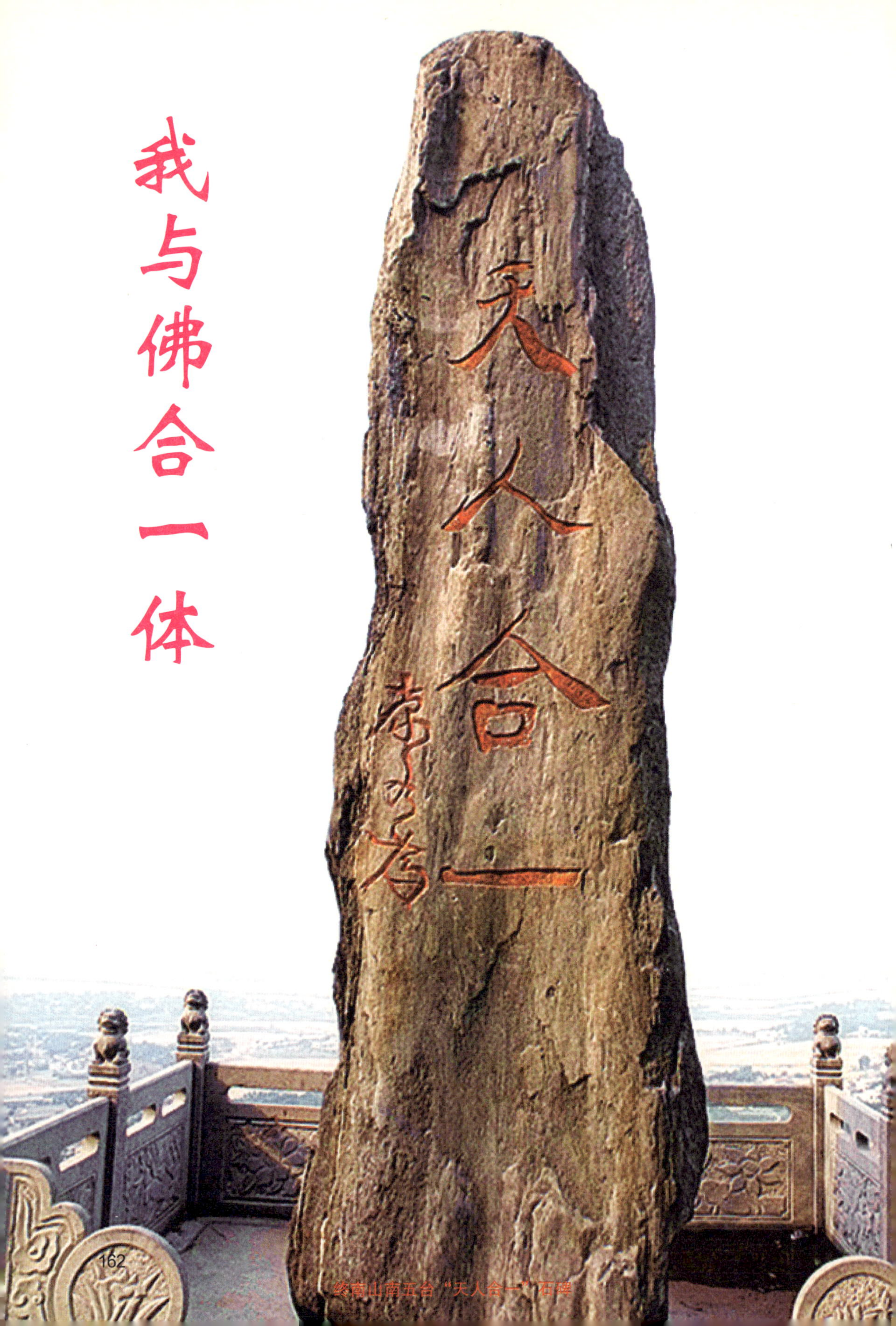

终南山南五台“天人合一”石碑

“天人合一”碑前的畅想

在南五台的下山路上，我看到有一个观景台，台中竖立着一个高碑，碑上刻有“天人合一”几个大字。

这个“天人合一”的碑矗立在终南山南五台上，就像是连结着上天的天柱。终南山连接着大地的脊骨昆仑山，连接着天地的元气，连接着佛的过去和未来。

我们停下来休息。

我走到“天人合一”碑前左右伸直双手，对友人说：“我也天人合一了。”友人见状也跟着左右伸直双手，我们拥抱着近在眼前的灵秀山体，拥抱着连接天地元气的终南山，重新回到了大自然母亲的怀抱中。

我深深地吸了口气，仿佛终南山的精灵之气从头顶进入到身体，一直到脚底，感觉到无比的舒畅。我与终南山融为一体，我就是终南山，我就是昆仑山。

此时，一缕阳光穿过云层洒在我的脸上，我轻轻地合上了眼睛，隐约间，眼前浮现出红、橙、黄、绿、青、蓝、紫七种颜色。

我感到无比的放松和平静，我的手指、脚趾、头顶，我的全身吸收着太阳的元精之气，充满着无穷的力量，体内的浊气也释放到空中。

这太阳的七色光彩通透我的全身，贯通四肢百骸、经脉气血，这色光无处不在。我与太阳合一了。

太阳仿佛逐渐变大，也似乎在拉动着我的双手左右无限延伸，双脚也不断伸长，身体变得无比的高大，头顶青天，脚踩着万里大地，吸收着天地的精灵之气，我是与天齐高的“巨人”……

仿佛间，终南山变成了一个大佛，天地变成了一个无限大的佛，我也无限大，并与终南山这个大佛和天地无限大的佛融合为一体，我的心，我的佛心成了天心，在跳动，头和四肢成了五行、五气……

无限大的天地、无限大的佛、无限大的我，遍布大千世界，遍布无限的宇宙时空。

穿越时空隧道

我仿佛进入了时空隧道，在过去的世界见到了释迦牟尼、老子、孔子；在未来的世界，见到了未来佛弥勒佛、弥勒教主；我又来到阴间地府，见到了阎罗王、地藏菩萨；我穿出了时空隧道，来到了宇宙的深处，见到了盘古大帝、原始天尊、原始佛，这里混混沌沌，寂静无声，幽幽冥冥，无色无味，无形无象，无所不在，不生不灭，是心灵的归宿。

有一句古语：“洞中方一日，世上已千年。”

这“洞中”就是“时空隧道”，进入“时空隧道”就进入另一套与人类现实世界不一样的时间体系，回到了遥远的过去，进入到充满希望的未来。

在“时空隧道”的神秘时空里，我感觉到宇宙是众多维次的，有着众多的时空。空间有阳性的正能量空间，也有阴性的负能量空间，时间具有方向性和可逆性，它可以正转，也可倒转，还可以相对静止。

对地球物质世界而言，进入“时空隧道”，就意味着神秘失踪；而从“时空隧道”中出来，又意味着神秘再现。由于穿越“时空隧道”，时光可以相对静止，故失踪几十年就像一天或半天一样。其实，这“时空隧道”的时空世界就是现实时空之外的宇宙多层次或多维次时空，也即佛教所说的无数的大千世界。

我想起了一个报道。1981 年 8 月，一艘名叫海风号的英国游船在“魔鬼三角”——百慕大海区突然失踪，当时船上 6 人骤然不见踪影。不料，时过 8 年，这艘船在百慕大原海区又奇迹般地出现了！船上 6 人安然无恙。这 6 个人共同的特点就是当时已失去了感觉，对已逝去的8 年

作者在南五台“天人合一”碑前“穿越时空”

时光他们毫无觉察，并以为仅仅是过了一霎间。当调查人员反复告诉他们已经过去了 8 年，最后他们才勉强接受这个事实，问及当日他们都做了些什么事时，他们无话以对，因为他们只感觉过了一会儿，似乎什么也没干。

也曾有报道，有一艘前苏联潜水艇 1 分钟前在百慕大海域水下航行，可 1 分钟后浮上水面时竟在印度洋上。在几乎跨越半个地球的航行中，潜艇中 93名船员全部都骤然衰老了 5—20 年。这艘潜艇回到黑海的潜艇基地后，艇上人员立即由飞机送往莫斯科一个实验室接受专家检查，结果发现他们明显地衰老了，典型特征是：皱纹、白发、肌肉失去弹性和视力衰退等。此事发生后，研究人员认为：“这艘潜艇进入了一个时间隧道的加速管道。”

按我的理解，百慕大海区可能有一处是进入现实时空之外的另一个时空的“通道”，船上的人员神秘失踪就是进入了与现实空间交错重叠的另一个空间，这个空间的时间就像是神仙的境界，比现实空间的时间慢得多或快得多。其实，神话故事中的神仙境界也就是宇宙的更多维次的时空世界。

进入时空隧道，“洞中方一日，世上已千年”（广东湛江楞严寺）

宇为空间 宙为时间

"往古来今谓之宙，四方上下谓之宇。"宇为空间，宙为时间。从天文学角度看，宇宙是由空间、时间、物质和能量所构成的统一体。

"世界"也与宇宙对应，"世"为时间，"界"为空间。"世"代表的是时间上的过去、现在与未来三世。

其实，物质存在就是一种能量，就是空间和时间，包括正和负或阳性和阴性的物质能量存在，这种存在是多维次的。宇宙中有无量无边的"佛"，"佛"就是世界，所以有无量无边的世界，即无量维次的时空。

人类生活在"三维"空间里，所谓三维空间是指空间概念的长、宽、高三维度，可以理解为有前后、上下、左右，时间就是"刚才"和"现在"，是不同的物质存在，代表着不断"流逝"的不同空间。如果把时间当做一种存在的话，再加上时间就是四维时空了。动物生活在"二维"世界里，二维只有平面，没有立体感。

宇宙时空可能有更多的维次，只是生活在"三维"空间里的人类觉察不到，例如不少神秘失踪而又神秘再现的例子说明，"时空隧道"和更多维次时空世界是存在的，高级生物的外星人可能已有穿越多维次时空的能力，被地球人视为"神仙"。

据说现实中出现过一些"神通"表演，例如"奇人"可通过意念取物和移物、耳朵认字，有的"神通广大"者还可以穿墙而过……

对于一些神通的存在，也不能否认，只是一下子难以作出科

千手千眼观音代表的是无数维时空的大千世界（广东佛冈观音山王山寺）

学的解释。按我的理解，空间是多维的，估计是“奇人”通过一定的意念信息能量而自由穿越到另一个我们一般人看不到的空间维次，之后又回到我们的现实空间来，因而“穿墙”其实就是进入另一个空间维而我们看不见，就如同生活在“二维”世界里的动物，理解不了人类“三维”世界或四维时空的现象那样。

同样，传说中的所谓“隐形人”，其实就是进入另一个我们看不见的空间即更多维次的空间，又时而回到我们看得见的现实空间来。例如在百慕大魔鬼三角区，有船只神秘“失踪”，若干年后又神秘出现，这体现的是空间和时间的多维现象，犹如隐形人那样。

“佛”遍布万化，是所有大千世界的化身（广东韶关曹溪南华禅寺）

有些“神人”可以进入多维时空，应是先天的“本领”在出世时没有完全失去，而部分修道者经过较长期相当刻苦的修炼，或一下子“开悟”而掌握宇宙“全息”的钥匙，或者破解了宇宙“全息”的密码（如掌握一些灵验的符咒等），也具有进入多维时空包括阴阳时空的本领，而成“仙”成“佛”。

无数的时间空间重叠在一起构成了无数维次的阴阳时空，这就是宇宙。佛、神仙可以穿越无数维次的阴阳时空，成为遍布万化，无所不在的“道”。

神仙可以穿越无数维次的宇宙时空（甘肃省平凉市崆峒山混元阁壁画）

一为无量　无量为一

望着逐渐远去的“天人合一”碑和终南山南五台，我想到了《大佛顶首楞严经》上所说：“一为无量，无量为一。小中现大，大中现小。不动道场，遍十方界。身含十方无尽虚空，于一毛端现宝王刹。”《毘尼日用》中说：“佛观一钵水，八万四千虫。”

一滴水就是一个世界、一个宇宙，可以容纳无数的微生物，一微尘也可以布满无数的微生物，可以遍布无限大的世界。从宇宙来看，地球就像一粒微尘那样微小。这些世界之间并没有大小之分，都是同一的、合一的世界。

在佛眼看来，八万四千大劫，也仅刹那之间的时光而已，唯有修行解脱，空去了“我”，才入涅槃——不生不死的境界。唯有再进一步空去了对“法”的执著，才能称为菩萨，而自己解脱生死仍不住于涅盘，随类应化众生，才是真正的佛道。

我即是你，你即是我，我是终南山，我是天地，我是宇宙，我是佛；佛、宇宙、天地、终南山、我，都为一体，不分彼此。宇宙、天地、终南山、我都是佛，佛是存在，是众生，都是“相”，都是不二的相，又是“非相”。

“此有则彼有，此生则彼生，此无则彼无，此灭则彼灭”；“诸法因缘生，诸法因缘灭”；“凡所有相，皆是虚妄。若见诸相非相，则见如来”。佛家认为，一切诸法，都是由于因缘而生起的。宇宙间一切事物和现象的生起变化，都是由各种因缘组合影响而成的，因而事物存在互相依存的关系。

凡所有相，皆因缘起而性空，它是生灭无常的、刹那变化的，皆是虚妄，见诸相而非相，就觉悟了，超越了，不执著了，空去了对“法”的执著，连“空”也不执著了，这是“佛”。

《般若波罗蜜多心经》说：“照见五蕴皆空，度一切苦厄。”“色不异空，空不异色；色即是空，空即是色。受想行识，亦复如是。”“是诸法空相，不生不灭。”

“佛观一钵水，八万四千虫”
（陕西法门寺）

《清静经》说："内观其心，心无其心；外观其形，形无其形；远观形物，物无其物。三者既悟，惟见于空；观空亦空，空无所空；所空既无，无无亦无；无无既无，湛然常寂；寂静无所寂，欲岂能生？"

《道德经》说："天下万物生于有，有生于无。""故有无相生，难易相成。"

所谓万法归宗，《般若波罗蜜多心经》、《清静经》、《道德经》上述的一些说法，都在说"有"与"空"、"无"的关系，这基本上是一致的，认为"五蕴"、"形"、"有"，即是"空"、"无"，这是相生相成而一体的关系。

《般若波罗蜜多心经》讲，照见五蕴皆自性空，五蕴即"色蕴、受蕴、想蕴、行蕴、识蕴"的物质和精神存在的东西，五蕴的"有"，包括过去、现在和未来所有物质与精神的"有"，其本体性空。

所有大千世界是同一的、不二
陕西法门寺合十舍利塔）

色是由空产生的，色是空的体现，所以色和空没有区别，色就是空，空就是色。受想行识，亦复如是。蕴即是空，空即是蕴。物质世界的"有"与"空"是不二的。

五蕴的"有"是缘起的有，一切事物均处于因果联系中，其存在是由众多条件和合而成，这就是世界、社会、人生以及各种精神现象产生的根源。例如，太阳、月亮、水，以及白天和黑夜、四时变化等等，这些是生物界生存发展的基础和"缘"，由于这些"缘"，才有地球上万物的多姿多彩，新陈代谢，故生物界并无"自性"，皆因这些"缘"所致，而本质上也说明生物界自性是空的，并不是自己产生的，离开了宇宙的运行作用，生物界并不能凭空产生。

因而事物没有它独立确定的自性，其本性自性为"空"，所以叫"自性空"，即佛家所说的"性空"。这种"有"是"假有"，当"缘"的众多条件没有了就是空了，没有了形状实体，没有存在性，也就没有常住不变的东西，故宇宙中一切事物包括宇宙本身，都是由各种"缘"众多条件所和合而成的，皆因缘而生，原无自性，其性本空，"缘起"性空，这是佛教的根本理论。缘起是现象，性空是本质，这是宇宙的真谛。

所以《清静经》也说："内观其心，心无其心；外观其形，形无其形；远观形物，物无其物。三者既悟，惟见于空。"

天与人、色与空、有与无，都是同一的，所有大千世界是同一的，合一的，不二的。

我是佛，佛是我

先有鸡还是先有蛋

“空”是破除“五蕴”、“形”、“有”、“相”的执著，强调世间的生灭现象并非所执的实有。但“空”也并不是什么都没有，所谓“是诸法空相，不生不灭”，“空”与“相”是不生不灭的，这就是佛性。

“空”是一种本性、本体，其也是一种存在，“五蕴”、“形”、“有”、“相”是“空”的外在表现，这是一体的。一种存在是通过其外在而表现出来，离开了外在表现，“空”也就不存在了，所以说：“色即是空，空即是色。”

例如，水是本体，由于风“缘”而起波，由于位高处而往低处流，由于天寒地冻而结冰，由于太阳光热作用而上升为云雾，水是无形无状的，而由于“缘”这一众多条件而和合成各种形态。水的形态不是常住固定不变的，而是随着环境的不同而表现出不同的状态，因而水相是虚妄的，是“空”，没有固定形状的，大千世界就如同水一样。

尽管水性是“空”，却不能否定“水”的存在，不同状态下的水其“水”的本质没有改变，离开了各种状态下的水，“水”也就不存在了，说“空”也就没有意义了，所以说“空”与“水相”是统一的。

从宇宙来说，混沌元气是宇宙的本源，盘古开天辟地，混沌元气为“一”，

随“缘”当下，皆大欢喜，利乐有情（湖南衡山南岳大庙佛像雕塑群）

通过阴阳和合并各种“缘”演化出大千世界，包括无数维次的阳性世界能量场和阴性世界能量场，大千世界就是“有”，就是“色”，但都是混沌元气这一“水体”的体现和“化身”。大千世界是“水波”、“冰”、“云”等等形态，因而是“空”相，但其“性”尽管是“空”，却不能否定其“水体”本性的存在。大千世界的“有”与混沌元气的“空”“无”是同一体的。

大千世界即是混沌元气，混沌元气即是大千世界，其实两者并无区别，并无先后之分。混沌元气就像是鸡蛋，大千世界就像是鸡蛋化成的鸡，你说是先有鸡还是先有蛋呢？

我认为，这并无意义，“鸡蛋”和“鸡”是同一体。“鸡蛋”相对“鸡”来说就是“无”“空”，“鸡”相对“鸡蛋”来说是“有”，是“鸡蛋”的“相”。“鸡蛋”生化出了“鸡”的各个器官，“鸡”又生出了“鸡蛋”。“鸡蛋”和“鸡”这一“无”一“有”，互为本源，是同一体。正如《道德经》所说：“故有无相生，难易相成。”

“五蕴”、“形”、“有”、“相”这些外在的东西是本性“空”的表现，但与“空”并无区别，是同一的。“有”、“色”和“空”、“无”是相对的，是统一的，都是存在性，故不必为“有”、“色”和“空”、“无”而执著苦恼。

一切事物因“缘”而生起，“缘”是最伟大的，没有宇宙时空的诸多因缘，我们就不能生存在这个世界上了。所以，我们要感恩“缘”，感恩“水”相，才有我们这个多姿多彩的世界；我们要珍惜“缘”，把握“缘”，给我们所带来的机会和快乐。

“色即是空，空即是色”，“外观其形，形无其形；远观形物，物无其物”，所以我们在一定情况下，要学会适当舍弃，学会放下，不要太执著，就能摆脱烦恼痛苦；同时生生不息的“缘”是宇宙的大道，“色”、“形”、“物”、“五蕴”这些才是宇宙间最为可贵的，这是宇宙本性的体现，是“佛”、“道”的体现，因而我们要珍惜生命，珍惜“缘”，随“缘”当下，自强不息，把人生的“色”“相”演绎得丰富多彩。

色即是空，空即是色（广东湛江楞严寺）

古都洛阳的两尊佛

古都洛阳有两尊大佛，一尊是龙门石窟的卢舍那大佛，另一尊是白马寺（图为卢舍那大佛）

龙门石窟是一座佛山

河南省洛阳市城南13公里处有一名胜伊阙峡谷，这里香山和龙门山两山东西对峙，香山又名东山，龙门山又名西山，伊河从两山中穿过而北流，故称“伊阙”。隋炀帝迁都洛阳后，把皇宫的正门正对伊阙，从此，伊阙便被人们习惯地称为“龙门”。龙门自古为险要关隘，交通要冲。

唐代大诗人白居易看中这里山清水秀，环境清幽，晚年寓居香山，号“香山居士”，他一度感叹说：“洛都四郊，山水之胜，龙门首焉。”所以，白居易逝世后葬在香山，白居易墓地称白园，其地建有香山寺。

伊河两岸东山和西山崖壁上窟龛星罗棋布，因此处石质优良，宜于雕刻，故古人择此而建石窟，逐渐形成了著名的龙门石窟。

龙门石窟分布在伊水两岸长达1公里的崖壁上，又因这里青山绿水、万象生辉，素为文人墨客观游胜地，故被列入洛阳八大景之冠。

香山和龙门山两山东西对峙

伊河两岸山崖上窟龛星罗棋布

佛是山，山是佛

位于伊河两岸的龙门山与香山上的龙门石窟，是中国石刻艺术宝库之一，是中国四大石窟之一（另外三大石窟为：山西云冈石窟、甘肃敦煌莫高窟和甘肃天水麦积山石窟）。龙门石窟于2000年入选世界文化遗产。

龙门石窟开凿于北魏孝文帝迁都洛阳之际。公元493年北魏孝文帝下令迁都洛阳，孝文帝笃信佛教，为把佛教的发展中心也转移到洛阳来，孝文帝组织修建寺院，并在洛阳以南的龙门伊水两岸，依山开窟造像，逐渐创建了大型的龙门石窟群。之后历经东魏、西魏、北齐、隋、唐、五代的营造，石窟群形成了南北长达1公里，其中北魏和唐代大规模的营建有140多年。

龙门石窟是中国目前保存比较完整的大型石窟群，至今存有窟龛2345个，造像10万余尊，碑刻题记2800余品，洞窟造像多为佛、弟子、菩萨、天王、力士。

龙门石窟地处中原，跨越朝代多，以大量的实物形象和文字资料，从不同侧面反映了中国古代政治、经济、宗教、文化等许多领域的发展变化。

在龙门的所有洞窟中，北魏洞窟约占30%，唐代占60%，其他朝代仅占10%。北魏人崇尚以瘦为美，所以，佛雕造像也追求秀骨清像式的艺术风格；而唐代人以胖为美，所以唐代佛像的脸部浑圆，双肩宽厚，胸部隆起，雕刻刀法自然流畅。

因为有龙门石窟，洛阳的香山和龙门山也成为了名山，其实香山、龙门山、伊水、龙门石窟是分不开的，是一体的，山就是佛，佛就是山。

龙门石窟是中国石刻艺术宝库之一

卢舍那大佛是颗佛心

龙门石窟的重点洞窟中，以规模宏伟、气势磅礴的大卢舍那像龛群雕最为著名。卢舍那大佛位于洛阳龙门西山南部山腰奉先寺，奉先寺在开窟造像时，依山就势在露天的崖壁上雕造佛像，营造出山是佛、佛是山的浩然大气。奉先寺造像布局为一佛、二弟子、二菩萨、二天王、二力士等九尊大像。

卢舍那大佛传说是按照武则天的形象塑造的，高 17.14 米，头高 4 米，耳长 1.9 米，是龙门石窟中艺术水平最高、规模最大、最为壮丽的一尊石雕像。整个像龛东西进深 38.7 米，南北宽 33.5 米。

据卢舍那佛座北侧、唐玄宗开元十年（公元 722 年）补刻的《河洛上都龙门山之阳大卢舍那像龛记碑》记载，奉先寺始造于唐咸亨三年（公元 672 年）四月，是唐高宗发愿为他的父亲太宗李世民建造的，皇后武则天施以两万贯脂粉钱赞助建造工程，至上元二年（675 年）十二月完工，历时 3 年 9 个月。

卢舍那大佛像龛坐西朝东，佛像雍容大度，仪表堂堂，气宇非凡，面部丰满圆润，两耳下垂，眉如弯月，目光慈祥，嘴露微笑，形态圆满、安详、温存、亲切，表现出来的是一位睿智慈祥的尊者，俯视着脚下芸芸众生，显示出内心的平和、安宁与和谐。

从卢舍那大佛左右两旁看，分列着大弟子迦叶、小弟子阿难、二菩萨、二天王、二力士，大弟子迦叶老成持重，小弟子阿难温顺聪慧，二菩萨端庄，穿着盛装艳服，就像是矜持的少女，二天王

卢舍那大佛气宇非凡，俯视着脚下芸芸众生

英武雄伟，二力士硕壮威武，咄咄逼人。

卢舍那大佛圆融和谐、安详自在的造型，是盛唐的一个象征，大唐是一个开明开放富强的朝代，自主自信，崇尚光明、宏大。

望着神圣的卢舍那大佛，我的灵魂在激荡，我的身心感到无比的震撼，卢舍那大佛那智慧的眼睛，慈祥的目光，恬淡、安详而亲切的神态，使我不由自主地与卢舍那大佛融合在一起，明心见性，证得了光明的自性，有一种大彻大悟，超凡脱俗，无比踏实、平和与满足的感觉。

在我们这个物欲横流、人心日益烦躁的社会中，需要的是多一点和谐，需要的是内心更多的平和与安宁。

卢舍那大佛安详、亲切，显示出内心的平和与安宁

地处中原的卢舍那大佛以及龙门石窟佛像群，就像是安放在中华大地的一颗佛心，这颗佛心带给了中华大地永久的安宁与和谐。

卢舍那大佛以及龙门石窟源远流长的历史，仿佛正在诉说着中华民族那悠久灿烂的文明历程。

卢舍那大佛及佛像群就像是安放在中华大地的一颗佛心

佛三身是宇宙三个化身

“卢舍那佛”在梵语中是智慧广大、光明普照、光辉普遍之意，源自古代的太阳神信仰而来。

在佛教中，佛有三身，分别是法身、报身、化身。毗卢遮那佛是法身佛，卢舍那佛是报身佛，释迦牟尼佛是应身佛。

法身佛毗卢遮那佛，即大日如来，佛以法为身，故称法身，法身处于常寂光净土。法身是最本质、最圆满的智慧，是无相可言的。法身佛代表的是佛法，一切佛的智慧和宇宙本身平等不二，所以一切佛的法身根本无分别，都是大日如来。“大日”是除一切暗，遍照宇宙万物，能利养世间一切生物，大日之光是不生不灭。

报身佛卢舍那佛，又作“净满”。报身佛是表示证得了绝对真理获得佛果而显示佛智慧的佛身。卢舍那这个名字其实就是法身“毗卢遮那”的简称，释迦如

卢舍那佛是证得绝对真理
显示佛智慧的佛身

佛有三身，即法身、报身、化身

莲花洞因窟顶雕有大莲花而得名，主像为释迦牟尼立像，这是释迦牟尼外出讲经说法时的形象

来在立名时，把他的报身和法身立在同一个名中，表示法、报不二。

应身佛释迦牟尼佛，是表示随缘教化，度脱世间众生而现的佛身，特指释迦牟尼的生身。释迦牟尼佛原本是莲华藏世界中卢舍那座下的十地菩萨，也是卢舍那的化身、分身之一。他以卢舍那化身的身份，来到娑婆世界示现成佛。一切佛像实际上都是以他为根本原型而塑造的。

按我感悟，佛教中，佛分三身，其实这是宇宙的三种化身。法身佛代表的是宇宙的本原，是不生不灭的，是无相可言的，是最本质、最圆满的，宇宙的一切其法身都无分别，是平等不二的，都是“大日如来”，都同质同源同一，不分彼此。

报身佛代表的是宇宙的运行法则、大自然的规律、绝对的真理、宇宙的智慧、因果法则。

应身佛代表的是娑婆世界的众生、因缘而起的一切事相，也就是一切的幻像。

大千世界的法身是平等不二的

洞窟是佛在人间

龙门石窟宾阳三洞开凿于公元500年的北魏时期，后因为发生宫廷政变以及主持人病故等原因，计划中的三所洞窟（中洞、南洞、北洞）仅完成了一所即宾阳中洞，南洞和北洞都是到初唐才完成了主要造像。

宾阳中洞内为马蹄形平面，穹窿顶，中央雕刻重瓣大莲花构成的莲花宝盖，洞内以过去、现在、未来三世佛为题材。正壁为释迦牟尼及二弟子、二菩萨，南北壁均为一立佛二菩萨。

宾阳南洞为北魏时期开凿，但洞中几尊主要的佛像都是在初唐完成的。洞中主佛为阿弥陀佛，面相饱满，双肩宽厚，体态丰腴，体现了唐朝以胖为美的风格。

宾阳中洞刻有释迦牟尼及二弟子、二菩萨

处于西窟的摩崖三佛龛共有七尊造像，为三身坐佛、四身立佛，这种造像组合在中国石窟寺中极为罕见。中间主佛为弥勒佛，坐于方台座上，头顶破坏，仅雕出轮廓，未经打磨。

据佛经记载，弥勒佛是“未来佛”，是作为现在佛释迦牟尼的接班人而出现的。武则天利用弥勒信仰为其登基制造舆论，登基后又自称“慈氏”（即弥勒），推动了弥勒信仰的风行。

宾阳南洞主佛为阿弥陀佛

惠简洞位于万佛洞南侧，是一个敞口中型洞窟，高4.25米，深2.70米。唐咸亨四年，西京法海寺僧惠简敬造此窟，所以此洞又称“西京法海寺惠简洞”。西壁正中凿一善跏趺坐的弥勒，弥勒佛两侧雕出二弟子、二菩萨，均立于基坛之上，足下踏束腰圆形莲台。

莲花洞大约开凿于北魏年间，因窟顶雕有一朵高浮雕的大莲花而得名。莲花是佛教象征之物，意为出污泥而不染。洞内正壁雕一佛二

弟子二菩萨，主像为释迦牟尼立像，这是释迦牟尼的游说像，即释迦牟尼外出讲经说法时的形象。

古阳洞在龙门山的南段，开凿于公元493年，是龙门石窟造像群中开凿最早、佛教内容最丰富、书法艺术最高的一个洞窟。古阳洞是由一个天然的石灰岩溶洞开凿成的，主像释迦牟尼穿着双领下垂式袈裟，侍立在主佛左侧的是手提宝瓶的观音菩萨，右边的是拿摩尼宝珠的大势至菩萨。

药方洞因窟门刻有诸多唐代药方而得名。它始凿于北魏晚期，经东魏、北齐，到唐初还有雕刻。洞中雕有五尊佛像，洞门两侧刻有药方150多种，所刻药物多是植物、动物和矿物药。药方涉及内科、外科、小儿科、五官科等，所涉及药材在民间都能找到，很大程度上方便了老百姓。药方洞的药方是中国现存最早的石刻药方，对研究中国医药学历史起重要的作用。

看经寺为武则天时期所建造，呈双室结构，前室崖壁有数十个小龛造像，平顶，方形平面，四壁垂直，三壁下部雕出高均180厘米的传法罗汉29尊（正壁11尊，两壁各9尊），为中国唐代最精美的罗汉群像。看经寺是龙门东山最大的一个洞窟。

摩崖三佛龛共有七尊造像

惠简洞是一个敞口中型洞窟

古阳洞内主像是释迦牟尼，左侧为观音菩萨，右侧为大势至菩萨

药方洞的药方是中国现存最早的石刻药方

第一古刹洛阳白马寺

古都洛阳有两尊大佛，一尊是龙门石窟的卢舍那大佛，另一尊是白马寺。白马寺是佛的灵魂，龙门石窟的佛像是佛的形体。卢舍那大佛和白马寺是分不开的。

洛阳白马寺位于河南省洛阳老城以东 12 公里处，创建于东汉永平十一年（公元 68 年），距今已有近 2000 年的历史，是佛教传入中国后由官方营造的第一座寺院，为中国第一古刹，有中国佛教“祖庭”和“释源”之称。

据史料记载，相传东汉永平七年，汉明帝刘庄夜寝南宫，梦见一神人身体金色，头放白光，飞绕殿庭。次日明帝询问群臣这是何方神圣，太史傅毅博学多才，他告诉明帝：听说西方天竺（古印度）有位得道的神，号称佛，能够飞身于虚幻中。

于是，明帝遣使臣蔡音、秦景等 13 人前往西域寻佛道。蔡、秦等人在月氏（今阿富汗一带）遇上了在该地游化宣教的天竺高僧摄摩腾、竺法兰。蔡、秦等人于是邀请佛僧到中国宣讲佛法，并用白马驮载佛经、佛像，跋山涉水，佛僧于永平十年（公元 67 年）来到京城洛阳，并开始翻译了一部分佛经。汉明帝敕令仿天竺式样修建寺院，为铭记白马驮经之功，遂将寺院取名“白马寺”。

洛阳白马寺保存着完整、古色古香的古建筑群，主体建筑有：天王殿、大佛殿、大雄殿、接引殿、毗卢阁五层殿堂及中国第一释迦舍利塔，寺内保存了大量元代夹纻干漆造像如三世佛、二天将、十八罗汉等，弥足珍贵。

白马寺的山门为明代所重建，为并排的三座拱门，象征佛教“空门”、“无相门”、“无愿门”的“三解脱门”，佛教称之为“涅盘

洛阳白马寺是中国第一古刹

门”。山门前有石马，这是记念“白马驮经”的历史。

山门内东西两侧茂密的柏树丛中，各有一座坟冢，这就是有名的“二僧墓”。东边墓前石碑上刻有“汉启道圆通摩腾大师墓”，西边墓前石碑上刻有“汉开教总持竺法大师墓”。这是佛门弟子对最早来汉传经授法的高僧——摄摩腾和竺法兰功德的铭记。

寺内五重大殿由南向北依次为天王殿、大佛殿、大雄殿、接引殿和毗卢殿，每座大殿都有造像，多为元、明、清时期所建造。毗卢殿在清凉台上，清凉台为摄摩腾、竺法兰昔日翻译佛经之处。在这里，摄摩腾、竺法兰首先译出了第一部汉文佛经《四十二章经》，之后天竺僧人昙柯迦罗又译出了第一部汉文佛律《僧祇戒心》。

清凉台为摄摩腾、竺法兰翻译佛经之处

天王殿正中置木雕佛龛，内供置未来佛弥勒佛。殿内两侧，坐着佛门的守护神四大天王，弥勒佛像之后是佛教的护法神韦驮天将，这代表着佛法的威严和神圣不可侵犯。

汉明帝夜梦“金人”身体放光芒，原来是“佛”（白马寺展览室壁画）

汉使臣迎请天竺高僧摄摩腾、竺法兰到中国宣讲佛法（白马寺展览室壁画）

拈花微笑　教外别传

白马寺天王殿后面是大佛殿，殿中央供奉着三尊塑像：中为释迦牟尼佛，左为摩诃迦叶，右为阿难。这三尊像构成了“释迦灵山会说法像”，这取材于一个佛教禅宗典故。

佛经记载：世尊于灵山会上，拈花示众。是时众皆默然，唯迦叶尊者破颜微笑。世尊曰：“吾有正法眼藏，涅盘妙心，实相无相，微妙法门，不立文字，教外别传，付嘱摩诃迦叶。”

这样，摩诃迦叶就成了这“不立文字，教外别传”的禅宗传人，中国佛教禅宗也奉摩诃迦叶为西土第一祖师。禅宗自称不依佛的言教立宗，而是传佛心印，以心传心。

释迦牟尼拈花，迦叶会意微笑，所谓“于一切相，离一切相，即是无相”，迦叶懂得一切事物皆因缘而起，但都是空幻无实的，万有皆空，“实相”即是“无相”，“无相”即是“实相”，这是微妙法门，难以用文字来表达，而以心印心，因而，“不立文字，教外别传”。

不安立言句，在如来言教以外的特别传授，直传佛祖心印，以自悟心性体会佛理，去领悟宇宙的真理，这就是禅宗。

其实，大智慧的觉悟并不执著于佛的言教，而是直入心性、自性。大道至简，佛理也至简，顿悟而成佛。心性即佛，一切因缘而起，心性不执著，随“缘”而安，就能悟到佛性。

白马寺内印度风格的佛殿

“拈花微笑”这个故事说明一个道理，为人处世不要太执著，要以平常心待之，随缘处世，随缘

“白马钟声”响的是智慧之声、人类社会和谐之声

正义的力量永远占主流地位

而乐，就能享受到天然的乐趣，这就是佛性、天地之本性。

白马寺大佛殿之后，是大雄殿，为寺内最大的殿宇。殿内贴金雕花的大佛龛内塑的是三世佛，中为婆娑世界的释迦牟尼佛，左为东方净琉璃世界的药师佛，右为西方极乐世界的阿弥陀佛。

佛法传入东土，为佛教史上仅次于释迦牟尼创立佛教的旷世因缘。洛阳白马寺建造后，从此佛像生辉，白马寺也逐渐成为中国佛教活动中心，并吸引了越南、朝鲜、日本等地僧人前来拜佛求法。

中国佛教在公元2世纪传入越南，4世纪后期传入朝鲜，6世纪前期传入日本，19世纪后期，随着一些华人、日本人进入欧美国家，佛教也开始在欧美国家传播。

两千年来，白马寺一直被东亚文化区域奉之为“释源”、“祖庭”。

大佛殿供奉着“释迦灵山会说法像”

嵩山少林问禅

嵩山是著名的风景名胜区，尤以少林寺为闻名

中岳嵩山扎“禅”根

中岳嵩山是著名的风景名胜区，首批入选世界地质公园、世界文化遗产名录，嵩山地区是中华文明的核心发源地，历史悠久，是我国古代最早的政治、经济、文化中心，这里道、佛、儒三教荟萃，尤以少林寺为闻名。

嵩山位于河南省西部，由太室山与少室山组成，最高峰连天峰海拔1512米。嵩山面积450平方公里，东西绵延60多公里，东依省会郑州，西临十三朝古都洛阳，南依颍水，北邻黄河。

联合国教科文组织第34届世界遗产大会审议通过，将“天地之中”嵩山地区8处11项历史建筑列为世界文化遗产，包括少林寺建筑群（常住院、初祖庵、塔林）、东汉三阙（太室阙、少室阙、启母阙）和中岳庙、嵩岳寺塔、会善寺、嵩阳书院、观星台。

嵩山东为太室山，西为少室山，各拥三十六峰，峰峰有名。少林寺位于登封市西北13公里的嵩山西麓，于竹林茂密的少室山五乳峰下，故名“少林”。1983年，国务院确定少林寺为全国重点佛教寺院。

少林寺早在唐朝时期享有盛名，距今已有1500多年历史，以禅宗和武术并称于世。山门门额上悬挂的“少林寺”匾额，为清康熙皇帝亲笔书写。

嵩山少林寺在历史上先后传承过以跋陀为代表的小乘禅法、以达

嵩山位“天地之中”，是中华文明的核心发源地

摩为代表的大乘禅法、以法如为代表的北宗禅法、以福裕为代表的曹洞禅法。在宋、金时期，少林寺还短期流行过临济禅法。这些禅法的传承，确立了少林寺禅宗祖庭的崇高地位。

印度高僧跋陀在少林寺传授小乘禅法，属于印度传统的止观禅法，得法者有僧稠、慧光、道房等，皆为一代名僧。其中僧稠以禅法名世，被跋陀誉为“自葱岭以东，禅学之最”。僧稠的禅定神迹，对少林功夫前期信仰形态——神力信仰产生了深远影响。

公元508年，印度高僧勒拿摩提和菩提流支，先后来到少林寺，共同翻译印度佛教学者世亲的《十地经论》，历经三年，完成行世，有力推动了北方禅学的发展。其间，又有南印度高僧菩提达摩，在少林寺后山一带坐禅苦行传法。达摩在嵩山首传禅宗，因此，中国嵩山少林寺被世界佛教界称为“禅宗祖庭”。

少林寺位于嵩山少室山五乳峰下

达摩所传禅法为“大乘壁观”，得法者有慧可、僧副、道育等。其中慧可向达摩求法过程，有“立雪断臂”的传说。后来，又有不少印度高僧到少林寺传授禅法，形成了神力信仰和禅定这种少林功夫信仰的最初形态。公元1217—1223年，志隆禅师住持少林寺期间，少林寺开设了“药局”。

少林寺门前的古老牌坊反映了少林寺悠久的历史

寺院僧人的生活受佛教戒律的约束，戒律体现佛教“慈悲为怀，普度众生”的宗旨，是教徒的生活准则。佛教最基本戒律为五戒：戒杀、戒盗、戒淫、戒酒、戒妄语。

禅宗祖庭少林寺

禅宗是中国佛教最大宗门，少林寺为中国禅宗祖庭。目前少林寺有 10 个下院，僧人总数 150 多人。

少林寺旅游景区的景点主要包括：少林寺常住院、塔林、初祖庵、二祖庵、达摩洞、武术馆、三皇寨等。在少林寺西约 300 米处有一塔林，这是唐以来少林寺历代住持僧的葬地，共 250 余座，这是我国最大的塔林。

少林寺常住院从山门到千佛殿，共七进院落，总面积达 3 万平方米。北魏太和十九年（公元 495 年），孝文帝为了安置他所敬仰的印度高僧跋陀罗尊者，在与都城洛阳相望的圣山——嵩山少室山北麓敕建少林寺。

在山门和天王殿之间，有一条长长的甬道，两旁就是碑林，这里共有 20 多通历代石碑。在道路东侧有一长廊，廊内陈列有从唐代到清代的名碑 100 多通，有碑廊之称。

穿过天王殿，其后有大雄宝殿。大雄宝殿是寺院佛事活动的中心场所，与天王殿、藏经阁并称为三大佛殿。大雄宝殿内供释迦牟尼、药师佛、阿弥陀佛的神像，殿堂正中悬挂清朝康熙皇帝御笔亲书的“宝树芳莲”四个大字，屏墙后壁有观音塑像，两侧塑有十八罗汉像。

大雄宝殿之后是藏经阁，这是寺僧藏经说法的场所，殿前甬道有明万历年间铸造的大铁钟一口，重约 650 公斤。

之后是方丈室，公元 1750 年清朝乾隆皇帝游少林寺时，以方丈室为行宫，故方丈室又称“龙庭”。方丈室后面是建于明代的立雪亭，相传这里是二祖慧可侍立在雪地里

嵩山少林寺被称为“禅宗祖庭”

向达摩祖师断臂求法的地方。

在立雪亭后面，是千佛殿，又名毗卢殿，是寺内现存最大的殿宇，殿内正中供奉毗卢佛铜像和白玉释迦牟尼像。

大殿背面及东、西两墙壁上都绘有彩色壁画，有最著名的“十三棍僧救唐王”、“五百罗汉毗卢图”。

少林寺天王殿

清朝乾隆皇帝曾以方丈室为行宫，故方丈室又称“龙庭”

藏经阁是寺僧藏经说法的场所

甬道两旁是碑林，共立有 20 多通历代石碑

达摩面壁九年

菩提达摩是佛传禅宗第二十八祖，是中国佛教禅宗初祖，他与少林寺有一段解不开的缘。相传达摩是天竺国香至王的第三个儿子，自幼拜释迦牟尼的大弟子摩诃迦叶之后的禅宗所立西天第二十七祖般若多罗为师。

有一天，达摩问师傅般若多罗大师："我得法以后，应该到什么地方去传法？"般若多罗回答说："去震旦（中国）。"

达摩遵照师傅嘱托，东行来到中国，首先在南朝都城金陵晋见了梁武帝萧衍。梁武帝是一个佛教信徒（信奉小乘佛教），主张自我解脱。达摩是禅宗大乘派，主张普度众生。

梁武帝问达摩，自己一生造寺布施供养，有什么功德？达摩回答说：没什么功德。由于两人观点不同，话不投机，达摩不辞而别，渡江北上到魏都洛阳去。

达摩走到长江边，而江边无船只，很着急，见到岸边不远处有一老妇，身边放着一捆芦苇，就问道："老人家，你是准备用这捆芦苇渡江吗？"老婆婆没有说话，只是点了点头。

达摩心想，一个老婆婆都可以踏苇过江，我为什么不能呢？于是走上前去很恭敬地索要了一根芦苇，投入江中，化作一叶扁舟，飘然渡过长江，北上传法。据说，那个老婆婆是观音菩萨化身而成，来帮助达摩渡江北上的。

达摩来到魏都洛阳，不久又来到嵩山少林寺。由于少林寺的开山始祖跋陀所传教法为小乘佛教，达摩的到来，使当时小乘佛教盛行的中国佛教对他的禅法无法接受，又由于语言不通，达摩便只身在嵩山五乳峰顶的天然石洞蚩尤洞中壁观。

他面对石壁，两腿曲盘，双手合十，双目下视，心平如镜，入定从禅，日复一日地修行，达摩自称为坐禅。每天定后，达摩便站起身来，作一些活动，并形成一套强身健体、舒筋活络的方法，这些健身方法后来成为了流传至今的"八段锦"和"达摩易

达摩是佛传禅宗第二十八祖，中国佛教禅宗初祖

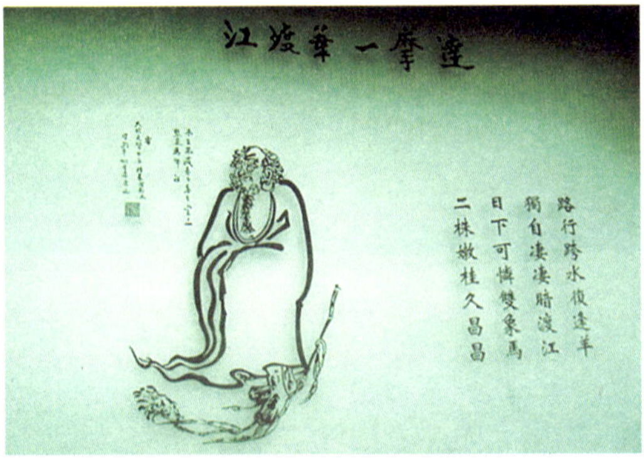

达摩一苇渡江（少林寺壁画）

筋经”。

达摩这一坐就是九年（公元 527 年到 536 年），九年功到业成，他的大乘佛教思想也一步一步被人接受。

他教人坐禅参悟之法为：外息诸缘，内心无喘，心如墙壁，可以入道。因他是南天竺波罗门族，于是，人们就称其禅法为“壁观婆罗门”。

达摩为了清净其心，进行静虑，差不多整个白天都是他壁观的时间。由于蚩尤洞口狭小，又受洞外山壁遮阻，洞内光线只能从洞口一处进来，加上达摩禅坐的位置，又总是在一块光洁的石头前，受洞壁的约束，不能左右移动，就这样达摩一坐九年，石头上竟然显现出了淡墨画似的阴影来，就连衣褶绉纹也隐约可见。这个阴影，就是这块石头上显现的达摩阴影，后人对它崇拜得五体投地。

后来弟子们把这块石面凿下收藏在初祖庵中，后移至少林寺藏经楼上。在 1928 年一次战乱中，少林寺遭到火焚，法堂、天王殿、大雄宝殿、藏经楼被烧毁，达摩的人影石面也遭到击碎。

达摩在嵩山五乳峰蚩尤洞中面壁九年，修得正果之后，弟子们把他请进寺来，又在寺内建起一座达摩亭，供他面壁潜修。后来，人们把蚩尤洞改称“达摩洞”，并在洞下修起一座初祖庵，也叫面壁庵，以纪念他面壁九年影入石中而功成。

达摩到少林寺后，成为少林禅学正宗之祖，从学的人与日俱增。达摩后来把法衣、法器和四卷《楞伽经》传给他的弟子慧可，之后就离开少林寺，开始他回归西天天竺的行程。

一天，达摩走到千圣寺，夜宿禅堂，当夜身得重病卒然寂世。他的弟子们破例保留了尸体，将其葬在熊耳山，起塔定林寺以作纪念。达摩的死，是当时人所共知的事。

后来，魏国有一位名叫宋云的大臣，奉命出使西域，他数年在外，对于达摩圆寂的事一无所知。当他完成使命归国交旨途中，在葱岭上老远看见一个和尚肩扛禅杖，手里提着一只鞋迎面走来，走近一看，正是天竺国高僧、嵩山少林寺和尚达摩。宋云问：“大师哪里去？”达摩说：“回归西天。”

归国后，宋云无意中与魏孝静帝谈到了他在葱岭遇见达摩一事。魏孝静帝听了宋云的叙述感到非常奇怪，便派一位大臣到熊耳山挖开了达摩的坟墓，当打开棺木时，发现达摩的尸体不见了，只有一只鞋子留在棺内。

大臣回京把情况如实奏禀，魏孝静帝才相信宋云所讲是实情，达摩祖师圆寂以后，真是手里掂着一只鞋子“归”天竺国去了。

深入禅定　明心见性

达摩为弘扬佛法东渡中土历尽艰辛，后在少林寺后山“面壁九年”，终得悟大道，其经历充满传奇性。

达摩面壁，其实就是一种深入禅定，也类似道家的“辟谷”修行，在静中出真知，感悟真如智慧。他后来被尊为中国佛教禅宗的始祖。

深入禅定是佛家开启智慧的途径，古印度的迦毗罗卫国悉达多王子，在菩提树下经过 7 个昼夜的深入禅定，集中精神思考宇宙人生的真谛，终于在 35 岁那年（公元前 588 年）夜半，看见明星出现，豁然觉悟一切真理，完成了无上正觉。从此世人就尊称他为佛陀，圣号就是释迦牟尼佛。

《菩提达摩大师入道四行观》中说：“夫入道多途，要而言之，不出二种。一是理入，二是行入。理入者，谓藉教悟宗，深信含生同一真性，但为客尘妄想所覆，不能显了。若也舍妄归真，凝住壁观，无自无他，凡圣等一，坚住不移，更不随于文教，此即与理冥符，无有分别，寂然无为，名理入也。行入者，谓四行。其余诸行悉入此中。何等四耶？一报冤行，二随缘行，三无所求行，四称法行。”

达摩禅法一花五叶，以“不立文字，教外别传”为其标志

“理入”，就是顿悟见真性。真性本来自有，“但为客尘妄想所覆，不能显了”，故“凝住壁观，无自无他，凡圣等一，坚住不移”。达摩面壁九年，使心如墙壁，不偏不倚，私欲克尽，守性不移，做到四相不生，不著我相、人相、众生相、寿者相，最终觉悟。

九为极数，这是说，修行只有修到极处，才能明心见性，守性不移，功行圆满，进入无上的佛道境界。

达摩“面壁九年”，终得悟大道的故事说明一个道理，凡事要有决心、恒心，肯努力，勇于面对困难和挑战，认准了的事要持之以恒，不要半途而废，坚持理念，所谓铁杵磨成针，最终会获得成功。

禅宗是中国佛教一大宗派，主张修习禅定，又因以参究的方法，彻见心性的本源为主旨，亦称佛心宗。达摩把他的这一禅法传给慧可，慧可又传给僧璨，僧璨传道信，道信传弘忍，弘忍传惠能，一花五叶，以“不立文字，教外别传”为其禅法的标志。

唐时禅宗五祖弘忍在东山寺弘法，时称其禅学为“东山法门”，其“萧然静坐，不出文记，口说玄理，默授与人”的作风，开中国佛教特有的禅风，对后来禅宗发展影响甚大，著名弟子有神秀、惠能、惠安、智诜等。后来，弘忍将禅法及衣钵传给惠能，惠能为禅宗六祖。

惠能主张“一切众生皆有佛性”，“佛法在世间，不离世间觉”，“人人都可以成佛，佛在我心”，所谓“顿悟成佛”，被称为“真正的中国佛教的始祖”。

达摩在嵩山五乳峰蚩尤洞“面壁九年”，终悟大道

达摩在蚩尤洞内壁观九年，石头显现出达摩的阴影（少林寺壁画）

菩提本无树

惠能生于唐贞观十二年（公元 638 年），唐开元元年（公元 713 年）圆寂。他是中国佛教禅宗的南宗开创者，也是禅宗第六祖。惠能俗姓卢，祖籍范阳（河北省涿州），出生在广东新州（今新兴县）。

据《六祖坛经》记载，惠能原是不识字的樵夫，父早亡，老母孤遗，惠能每天都要背着一担柴火到集市上去卖，挣钱养家。有一天，一客店要买柴，他便送到店里。出门时，见到一位客人在诵经。

惠能一闻经语，心即开悟，于是问："客诵何经？"客答："《金刚经》。"惠能又问："从何所来，持此经典？"

客云："我从蕲州黄梅县东禅寺来，其寺是五祖忍大师在彼主化，门人一千有余；我到彼中礼拜，听受此经。大师常劝僧俗，但持金刚经，即自见性，直了成佛。"惠能闻说，在心灵上产生了极大震动，发愿学佛。

惠能一字不识，这反而更具本性，一闻经语，当即认自本心，识自本性，佛性本来人人平等，与识字不识字无关，也与是否拜佛念佛无关。"佛相摸形全是假，真佛就是己心田"，迷者众生，觉者佛也。《金刚经》说："凡所有相，皆是虚妄，若见诸相非相，即见如来。"

客人因宿昔有缘，于是取银十两与惠能，令其安顿好母亲，再往黄梅参礼五祖。惠能安顿好母亲后，于公元 672 年到湖北黄梅东山寺参拜五祖弘忍大师。

惠能初见弘忍，五祖便问："汝何方人？欲求何物？"

惠能答："弟子是岭南新州百姓，远来礼师，惟求作佛，不求余物。"

五祖说："汝是岭南人，又是獦獠，若为堪作佛？"

惠能答："人虽有南北，佛性本无南北；獦獠身与和尚不同，佛性有何差别？"

惠能的回答不免令弘忍刮目相看。

惠能被五祖安排在碓房舂米（广东湛江楞严寺壁画）

惠能说："弟子自心常生智慧，不离自性，即是福田。未审和尚教作何务？"五祖云："这獦獠，根性大利！汝更勿言，著槽厂去。"

为了不引起众人的注意，弘忍安排他随众劳动，在碓房舂米。在惠能入寺8个月之后，有一日五祖遇到惠能说："吾思汝之见可用，恐有恶人害汝，遂不与汝言，汝知之否？"惠能说："弟子亦知师意，不敢行至当前，令人不觉。"

五祖弘忍年事已高欲传法，他令弟子作偈，以检验他们的修炼水平，"来呈吾看。若悟大意，付汝衣法，为第六代祖"。

神秀是上座和尚，众人只等神秀作偈，半夜三更时分，神秀在墙上写下一偈："身是菩提树，心如明镜台，时时勤拂拭，勿使惹尘埃。"

入寺8个月的惠能虽不识字，一闻此偈，便知未见本性，自性真如是法身佛，法身空寂无物，何生明镜台？何来勤拂拭？尘落何处？于是惠能托人亦写下一偈："菩提本无树，明镜亦非台；本来无一物，何处惹尘埃。"

众人见状皆惊。五祖将鞋擦了偈，说："亦未见性。"次日五祖潜至碓坊，以杖击碓三下而去。

惠能遂三鼓入室，五祖以袈裟遮围，不令人见，为惠能解说《金刚经》，当讲至"应无所住而生其心"，惠能大悟，"一切万法，不离自性"，"何期自性，本自清净；何期自性，本不生灭；何期自性，本自具足；何期自性，本无动摇；何期自性，能生万法"。

惠能明白，任何佛法都离不开人自己的本性，原来自性本来是不垢不染的，本来是清净的，原来自性本来就是没有生灭的，原来自性本来就是圆满具足，不增不减的，原来自性本来就是不动不摇的，平等无别的，原来自性本来就能生出种种佛法的。

五祖知到惠能已领悟了佛法的本性，对惠能说："不识本心，学法无益；若识自本心，见自本性，即名丈夫、天人师、佛。"

认识到人自己的本性、人的本来面目，就能觉悟，也就是佛了。弘忍认为惠能宿根深厚，悟得"性空"，于是三更传法，人尽不知，将禅法及衣钵（袈裟）秘授于惠能，正式传他为禅宗六祖。

为避免师兄弟们的妒忌和伤害，惠能离开师父弘忍，隐居于广东四会、怀集一带，与猎人住在一起，并时常给猎人说法，猎人常派惠能守网，而惠能每见生命，全部放生。

惠能离开师父弘忍后，隐居于广东四会、怀集一带（图为广东四会六祖寺）

仁者心不动

话说经过 15 年的隐居生活，唐高宗年间（公元 676 年）惠能观因缘成熟，于是来到广州的法性寺（今称光孝寺）。有一天，惠能正碰到印宗法师讲《涅槃经》，讲经时，忽然吹来一阵大风，悬挂在大殿的佛幡被吹得左右摇动，僧人们议论纷纷。有的说："非幡动，而是风在动。"有的说："明明是幡动，这哪里是风动？"

一时间双方各执一词。惠能说："非风动，非幡动，而是仁者心动。如果仁者的心不动，风也不动，幡也不动了。"

在座的人一听，无不感到震惊。当时住持印宗法师见惠能语出不凡，便邀请他入室详细询问。惠能这才将珍藏了 16 年的袈裟和圣钵出示，于是六祖惠能的身份显露。那天是正月初八。

印宗法师问："黄梅付嘱？如何指授？"

惠能说："指授即无，惟论见性，不论禅定解脱。"

印宗问："何不论禅定解脱？"

惠能说："为是二法，不是佛法，佛法是不二之法。"

印宗又问："如何是佛法不二之法？"

惠能说："佛言：善根有二：一者常，二者无常，佛性非常非无常，是故不断，名为不二；一者善，二者不善，佛性非善非不善，是名不二。蕴之与界，凡夫见二，智者了达其性无二；无二之性，即是佛性。"

佛法只有一种，就是见性，禅定和解脱，是两种方法，不是佛法，佛法是没有分别对待的不二之法。佛说善根有二种，但佛性不是常也不是无常，因而说为不断，这称之为不二法门；佛性是非善也非不善，因此称之为不二之法。

物质世界与意识界，凡夫见之为二，千变万化的，但有智慧的人明白其本质是一样的，无二无别，无二无别的本性，这就是佛性。

心若执著于风幡之动，就心念万千，其实佛性不生二念，心念无生灭无起伏，起心即是二，佛法是不二之法。

印宗法师听了惠能的"佛法是不二之法"的论述后很高兴。正月十五元宵节，印宗法师在光孝寺大雄宝殿后面的一棵菩提树下，给惠能削发受戒，现比丘身，在场的有当时国内的十大高僧。为了纪念六祖惠能出家剃度因缘，寺僧将惠能的头发埋地处，盖一塔，名叫“瘗发塔”。

后来六祖惠能在韶州（今广东韶关市）曹溪南华寺开坛弘法36年，传播“顿悟”法门，他认为，万物皆是人内心的体现，主张用通俗简易的方法去修持，不立文字，教外别传，直指人心，见性成佛，其影响日广，人称“南宗”，成为佛教禅宗的正系。

唐玄宗先天二年（公元713年），六祖惠能圆寂于新州国恩寺，世寿76岁，唐宪宗谥号大鉴禅师。惠能圆寂后，其真身不坏，被运回韶州曹溪南华寺，其门人裹综涂漆，保持其生前形像。

为供奉六祖惠能真身，唐玄宗时期建灵照塔，初为木塔，唐宪宗赐名“灵照之塔”，北宋初年毁于兵火，后重建，南宋初年再毁再建，后复毁。明成化十三年(公元1477年)改建为砖塔，即为现存之塔。塔平面八角形，楼阁式，五级，高约30米。六祖肉身像至今还保存在南华寺，原供奉在塔内，后来移到六祖殿内。

六祖弘扬佛法时极力称赞般若法门，认为持诵《金刚经》功德无量无边。惠能圆寂后，弟子们将其一生得法传宗的事迹和启导门徒的言教，编集成《六祖坛经》。惠能嗣法弟子有行思、怀让、神会、玄觉、慧忠、法海等40余人。

弘忍之后，禅宗分成南宗惠能、北宗神秀二派。北宗强调渐修，南宗主顿悟。北宗神秀弘扬禅宗于长安、洛阳。后来北宗渐趋衰落，惠能南宗经弟子神会等人的提倡，加上朝廷的支持，取得了禅宗的正统地位。中唐以后，南宗成为禅宗的正统，成为中国佛教的主流，惠能也成为中国禅宗实际上的创始人。

从达摩到惠能经过六代，传统上将达摩视为“初祖”，而把惠能称为“六祖”。惠能之后，禅宗影响不断扩大，形成曹洞、云门、法眼、沩仰、临济五家，但宋朝以后则仅存曹洞、临济二脉。临济宗后又演变为两个宗派：杨岐派、黄龙派。禅宗五派的思想，相差无几，仅是门庭施设不同，接引学人方法有所区别。

惠能观因缘成熟来到广州光孝寺这棵菩提树下剃度

《六祖坛经》的思想

在英国伦敦大不列颠国家图书馆广场，矗立着世界十大思想家的塑像，其中就有代表东方思想的先哲孔子、老子和惠能，并列为“东方三圣人”。

《六祖坛经》，亦称《坛经》、《六祖大师法宝坛经》，全称《南宗顿教最上大乘摩诃般若波罗蜜经六祖惠能大师于韶州大梵寺施法坛经》，为禅宗六祖惠能说法，弟子法海集录。

《六祖坛经》品目为自序、般若、决疑、定慧、妙行、忏悔、机缘、顿渐、护法、付嘱等十品，其中心思想是“明心见性”、“见性成佛”。性，指人皆自性清净、本有佛性，惠能认为，“菩提自性，本来清净，但用此心，直了成佛”，“人虽有南北，佛性本无南北”，这与《涅槃经》“一切众生悉有佛性”之说一脉相承。

六祖惠能早年的法偈：“菩提本无树，明境亦非台；本来无一物，何处惹尘埃。”这体现了性空的思想。

在“明心见性”上，《六祖坛经》指出：“智慧常现，不离自性，悟此法者，即是无念。无忆无著不起诳妄，用自真如性，以智慧观照，于一切法不取不舍，即是见性成佛道。”“何期自性，本来清净。何期自性，本自具足。何期自性，本不生灭。”

禅宗提倡心性本净，佛性本有，见性成佛。《六祖坛经》里主张舍离文字义解，直彻心源，认为“于自性中，万法皆见；一切法自在性，名为清净法身”；“无所住”则生出“慧”，若识自性，“一闻言下大悟，顿见真如本性”，提出了“即身成佛”的“顿悟”思想。

众生本具般若，自性是众生本来就有，

广州光孝寺有“瘗发塔”，是惠能头发埋地处

少林寺六祖堂

本来清净，不生不灭，只因无明烦恼执著，而沉沦于生死流转之中。假如消除无明烦恼执著，众生就能证悟般若智慧，便见性成佛了，人人都有机会成佛。

在修行上，《六祖坛经》主张自悟自修、无念无住，“无念为宗，无相为体，无住为本”。无念即“于诸境上心不染”；无相为体，即“于相而离相”，以把握诸法的体性；无住为本，即“于诸法上念念不住”，无所系缚。

在解脱途径上，惠能提倡“顿悟”，认为“不悟即佛是众生，一念悟时众生是佛”，“万法尽在自心中，顿见真如本性”。

“佛法在世间，不离世间觉，离世觅菩提，恰如求兔角。”惠能指出：“若欲修行，在家亦得，不由在寺。在家能行，如东方人心善；在寺不修，如西方人心恶。”

六祖惠能“见性成佛”的思想，按我感悟，佛门修行的目的，在明心见性，就是要去掉自心的污染，自心没污染，明澈如镜，自然可以悟到佛性，也即“大道”。正如《金刚经》上所说：“不住色生心，不住声香味触法生心。若心有住，即为非住。”“应无所住，而生其心。”“凡所有相，皆是虚妄，若见诸相非相，即见如来。”

又如一池水，当其波澜起伏，混浊不清时，自然难以见底，如果水平如镜，池水无污染，这样一眼就看穿池底。就好比池水一般，自心受到污染自然也就看不清自性、本性，世俗中不少人被贪嗔痴等诸多烦恼或七情六欲所左右，看不清本来面目，从而迷失“心性”。

“应无所住”并不是什么都没有，而是什么都没有的同时又包罗万有，这是感悟到先天空性的智慧，感悟到宇宙的真相是不生不灭的，诸相是非相，非相是诸相，这是佛性，也是老子说的“道”。

世俗生活中出现七情六欲在所难免，但也要常常保持一颗平静的理智之心，平常不断修德，与人为善，服务社会，不斤斤计较，知足常乐，爱护自然生态，这样胸怀自然宽阔。

为纪念六祖，少林寺大雄宝殿月台西侧建有六祖堂，据说该殿创建于金泰和六年（公元 1206 年），明、清之际多有维修，1928 年毁于战火，今殿是 1983 年按原址复原设计并重建的。

禅武合一　收心敛性

少林功夫表演场馆

表演场馆内少林武术表演

在进入少林寺山门的路边有一座少林功夫表演场馆，为中外游客进行少林武术表演。表演节目主要是传统少林拳集体表演、单项表演、硬气功和少林绝技，主要有：木鱼功、集体拳、地躺拳、单刀、双刀、三节棍、双鞭、八段锦、头开钢板、象形拳、银枪刺喉、腹卧钢叉、五枪刺身、集体九节鞭、集体扑刀、老少童子功、头开石碑、刀山钉床、飞针穿玻璃等。

少林武术精湛的表演，赢得了观众一阵又一阵的热烈掌声。

达摩的“大乘壁观”禅法传入少林寺后，僧徒长期禅坐往往身体困倦，于是起身习武以解身困，同时为抵御所处深山野兽的攻击，也需要强身健体。

相传达摩走后，少林僧人在洞中发现了一个铁盒，铁盒中有两部书，一本是《易筋经》，另一本叫《洗髓经》，都是用梵文写的，后来经过翻译，两部书原来是一体的。自《易筋经》问世，少林僧人坐禅与习武就密不可分了。《易筋经》被誉为少林功夫之源，记载的就是一种疏通人体经脉而强筋壮骨的功夫。

禅宗以明心见性、参禅顿悟成佛为要旨，并通过习武练功，以禅心运武达到收心敛性、屏虑入定、透彻人生的目的，同时也有健身自卫、护寺护法，报国救众生的效果，故少林武术又称为“武术禅”。

少林寺创建于南北朝佛教发展的全盛时期，

少林腿法（少林寺内少林功夫展示塑像）

由于当时整个社会环境处在战争频繁和动荡不安之中，拥有丰厚资产的寺院往往成为乱世攻劫的目标。

隋文帝崇佛，于开皇年间（公元581—600年）诏赐少林寺土地一百顷，隋朝初年，由于皇帝的赏赐，少林寺成为了拥有众多农田和庞大寺产的大寺院。

隋朝末年（公元618年），朝廷失政，群雄蜂起，天下大乱，拥有庞大寺产的少林寺，成为山贼攻劫的目标。为了确保寺院财产安全和佛法尊严，少林寺僧人组织起武装力量与山贼官兵作战，少林武僧作为少林寺的武装力量也初步形成。

少林功夫具有武术强身和佛教修行的双重功能，特别是通过练武找到了觉悟佛法的捷径，使“禅武合一”根植于少林寺，并逐渐成为禅宗修行的有效途径，同时也发挥了宗教世俗化的社会功能。

少林功夫具体表现为以攻防格斗的人体动作为核心，以套路为基本单位的表现形式。套路是由一组动作组合起来的，每个动作的设计和套路的组合，都是建立在中国古代人体医学知识之上，合乎人体运动的规律，特别是讲究“六合”原则：手与足合、肘与膝合、肩与胯合、心与意合、意与气合、气与力合。

根据少林寺流传下来的拳谱记载，历代传习的少林功夫套路有数百套之多，其中流传有序的拳械套路代表有数十种，另有七十二绝技，以及擒拿、格斗、卸骨、点穴、气功等门类独特的功法。这些内容按不同的类别和难易程度，有机地组合成一个庞大有序的技术体系。

佛教戒律在习武者身上，表现为武德，所以少林功夫表现出节制谦和、内敛、含蓄，以及讲究内劲、短小精悍、后发制人的风格和特点。

少林拳法（少林寺内少林功夫展示塑像）

十三棍僧救唐王

少林武僧参与了众多的历史事件，体现出正义、正直、勇敢的气节和爱国、利民的形象。

历史上十三棍僧救唐王的故事有实物见证，在少林寺大雄宝殿前面，当年由李世民亲笔签署的圣旨，就刻在《 太宗文皇帝御碑 》之上。上面清楚地记载着李世民登基后对少林寺僧的封赐项目和十三棍僧的法名，这是千真万确的实物证据。

根据《 少林寺志 》和有关史料记载，十三僧洛阳救驾的时间，发生在唐高祖武德三年（公元 620 年）。李世民兵出潼关，进逼洛阳，以除掉自称郑王的王世充，这是一次大唐统一的关键一战。

当时，李世民刚刚削平了在金城建立秦政权的薛举、在武威建立凉政权的李轨，以及在晋北建立天兴政权的刘武周之后，乘胜而来到黄河南岸。当时的王世充也是刚刚占据了殷州、邓州，并有唐州长史田瓒来降，另外侵夺了当年隋文帝赐给少林寺僧的柏谷庄园，实力亦相当雄厚，尤其是其地处洛京八关之中，可以据险与李世民决一雌雄。

据说李世民初来乍到，进兵不利，又在观察作战地形时，被郑兵所获，囚禁在洛京王城牢中。李世民的弟弟李元吉带兵

“太宗文皇帝御书碑”记载着少林十三棍僧救唐王的故事

少林寺塔林见证了少林武僧的辉煌历史

来救，又被王世充打得落花流水。

这时，少林僧徒不甘心再受郑军之欺，听到唐王被囚于洛阳城的消息，于是十三棍僧便凭仗着自己的混身武功，和对洛京地形了如指掌的优越条件，夜入洛阳城救出了李世民，为大唐统一创立了功勋。

李世民登基后，在给少林寺僧徒的敕封圣旨中，高度赞扬了十三棍僧救驾和助战的赫赫战功，每人赐给紫罗袈裟一袭，封昙宗和尚为大将军，赐食地四十顷、水磨一具，并刻石以记。

因少林寺“十三棍僧救唐王”有功，唐皇颁诏少林寺拥有僧兵的特权。少林寺从此招起了僧兵，练武之风大兴。

到了宋代，宋太祖曾来少林寺，还调遣各路诸将轮驻少林，一来授艺于僧兵，二来取少林武术之长。

明代是少林寺僧兵规模最大的时期，也是少林武术发展的鼎盛时期，少林寺僧兵应诏抗倭立功的就有500多名，寺院常备僧兵达到千人以上。嘉靖年间，倭寇骚扰我国东南沿海，少林寺僧兵多次应诏出征，威猛骁勇，为国捐躯。朝廷为嘉其义烈，在少林寺山门前立旗旌表。

清代少林寺有反清复明之嫌，朝廷多次降旨，禁止习武，少林僧兵作为一种制度，就逐渐衰落了，喜欢习武的武僧，只能自己偷偷练习。

现今，为了继承和发扬传统的少林武术，满足社会上对少林武术的要求，1987年由释永信法师发起，少林寺成立了少林武术队，后更名为少林寺武僧团。

多年来，少林寺武僧团为弘扬传统少林武术，传播中国文化，多次应邀出访欧、亚、美等国家和地区，其表演的正宗少林功夫，受到世界各国人民的欢迎。

黄智华

佛教不是消极厌世

达摩大师在中国始传禅宗，传下了“直指人心，见性成佛，不立文字，教外别传”的佛祖心印，经二祖慧可、三祖僧璨、四祖道信、五祖弘忍、六祖惠能等大力弘扬，终于一花开五叶。自六祖后，唯传心印，不传衣钵，禅宗法脉流传至今不断，成为中国佛教最大宗门，后人尊称菩提达摩为中国禅宗初祖，尊少林寺为中国禅宗祖庭。

少林寺是中国禅宗祖庭、天下第一名刹

五祖弘忍对六祖惠能宣说《金刚经》至“应无所住而生其心”，惠能言下悟彻一切万法不离自性之旨。禅宗“直指人心，见性成佛”，使“佛”不再神秘，一般平民大众都可达到“佛”的境界。

禅，处处可修，禅，深入到日常生活中，成为了一种生活的哲学。

少林寺走廊墙壁视窗内贴着一篇“方丈法语”，体现了禅不是和生活脱节：

“佛教的慈悲情怀，是与现代文明社会以人为本的核心价值观一致的；佛经说‘人身难得’，教

禅是日常生活中感悟的智慧

导我们珍惜今生，好好做人，获得人生安乐。

把自己听到的正法，悟到的真理，融化到自己的日常生活中。这才是学佛修行的大道。

佛教不是消极的厌世，而是对世俗生活审视，觉醒后，体证世间万事万物空性过程中，达到对世俗生活的超越。佛教的‘厌世’，对世俗生活的舍离，恰恰最能体现出佛教徒对于人生积极向上的态度，不断超越自己的珍贵品质。

禅是放下，是无住，是日常生活中感悟的智慧。禅，处处可修，不受时间地点限制，很方便。禅，从日常生活中去修证，不能和生活脱节，是非常踏实的一个门径。”

我看着方丈法语，顿觉得佛法和禅是那么的亲切，“佛教的慈悲情怀”、“人身的难得”、“不是消极的厌世”、“人生积极向上的态度”，以及“禅是放下”、“禅，处处可修”、“不能和生活脱节”，这些“法语”正是人生处世以人为本的核心价值观，生活中处处可体现出佛法和禅法，佛法和禅法是生活中人生态度的觉醒。

禅是一种生活哲学

禅，处处可修，是人生积极向上的态度

禅医是“禅”济世的方式之一（少林寺禅医寮）

后记

"佛"是什么

佛陀在菩提树下成道时说："奇哉，奇哉，大地众生，皆有如来智慧德相，但以妄想执著，不能证得。"

其实，我们每个人天生都是"佛"，皆有如来智慧德相，但以妄想执著，不能证得。

"佛"是什么，佛就是觉悟，就是自然的本来面目。道家说，修真，"真"是什么，"真"就是返璞归真的"真"，修真就是返璞归真，这"真"就是自然，就是自然的本性、自性。同样，"佛"也就是"真"，修佛就是修"真"。

"离一切相，则为诸佛"，"佛"者，不生不灭。从一定角度上说，"佛"、"道"就是大自然的本性、自性，是宇宙的本源，是太极，是无极。

我的师长，一代佛学泰斗、中国佛教文化研究所原所长吴立民（吴信如），在各种场合及其著作中，经常提起人们普遍的发问："什么是佛法?"或"佛法是什么?"

吴立民说，简而答之，佛法就是般若，般若就是佛法，般若即是人人本自具有的觉性。佛教学说，简要概括，即"缘起性空"。缘起由于业力，性空就是般若。他说，佛法讲般若是空，又是不空，空而不空，不空而空，

甘肃庆阳北石窟寺双佛（四川乐山"东方佛都"）

谓之空不空。

佛法究为何物？吴立民认为，佛法本身，可说一无所有，可说没有一点东西。佛说法 49 年，最后佛说他一字未说。佛法不但一无所有，没有一点东西，就连这“一无所有”也“一无所有”，连“没有一点东西”的“没有”也没有。这“一无所有”的“一无所有”，这“没有”的“没有”，翻过来就是“无所不有”。这就是不可言说不可思议的般若！一切外道仪式、名义、修法等等，归于般若，都变成佛法；一切佛法之修持、教化、仪轨等等，离开般若，都变成外道。如此说来，宗教根本于般若，便是佛法之宗教；哲学证入般若，便是佛法之哲学。

按我感悟，“佛”是“性空”。“佛”就是宇宙的先天元气本源，就是大自然，就是大千世界，就是万物，就是众生，是实相与虚妄的统一。万事万物就是虚妄的“波”相，波浪无论怎样的汹涌，但却离不开“水”体的真实本相，“波”离开了“水”就不存在，水体是真实的，波相是虚妄的。但“水”需要“波”才能体现出来，因而“水”和“波”的实相与虚妄是统一的，合一的，缘来缘去，没有什么可执著的，这就是“诸法空相”、“缘起性空”，也就是吴立民所说的“最后佛说他一字未说”的含意。

“佛”是“缘起”。万物都是宇宙的一分子，其存在都有其合理性，万物各有使命，都通过一种世间“缘”来共同维系着宇宙的和谐与自然发展。众生是平等不二的，万物并无贵贱之分，一只小鸟也难说不比人幸福，万物形态各异，这归于“缘起”。

所以，佛家所说的“佛”或道家所说的“道”，就是“性空”和“缘起”，或“无”和“有”，是宇宙元气本体和大千世界的实相与虚妄的合一，是自然而

千佛等于一佛，都是佛的不同化身，大千世界就是一佛，所以万物众生是平等不二的（四川乐山“东方佛都”里的千佛塔）

然的存在。“性空”就是“无”，是宇宙元气本体的实相，“缘起”就是“有”，是大千世界的虚妄。

一般意义上所说的修行成佛或成仙，就是将身体和灵魂与宇宙相融合，即化作大千世界，与天地齐寿，这样就是佛家所说的“永脱轮回”。

我认为，如果修行是为了成“佛”，为了永脱“轮回之苦”，那就过于执著，还没有真正“放下”，还有“私心”，仍有所“住”，还没真正感悟到空性的智慧，还有“我执”的存在。所以，才有禅宗的“直指人心，见性成佛，不立文字，教外别传”的佛祖心印，这正点出了“佛”的真谛，“佛”就是“放下”，“无所住”。正因如此，才有众多的佛、菩萨“下凡”到人间受“轮回之苦”，去“度”人，发“大愿”，“我不入地狱，谁入地狱”。

其实“永脱轮回”是相对的，连宇宙都难以达到。宇宙总是处于不断膨胀和收缩之中，收缩到极点为之“无”、“无极”，“无”再生“太极”、“有”；“太极”、“有”再膨胀出无数大千世界，形成“大有”，最终又不断收缩，反复轮回，因果不断。这是大自然运行的法则，这是“道”，这是“佛”。

“轮回”这东西是谁也改变不了的，例如人类最终也会毁灭，再起源诞生，佛与神仙也如是，即使佛与神仙化作宇宙万千元气，但也再回归万物种类，这是谁也改变不了的轮回宿命。轮回是大自然的法则，这叫生生不息，周而复始。

不断轮回、生生不息是宇宙的本质，但从“水”和“波”的实相与虚妄看，“轮回”也是虚妄，这是“波”，是“缘起”。《金刚经》中说“我相、人相、众生相、寿者相”，一切相状都是虚幻不实的，正因为执著于各种相状，所以生出来的都是妄念。

一切心念以及万物本来是不生不灭的，只是我们太执著才使我们觉得万物有生有灭。只有觉悟万物是不生不灭的空性，才能做到不执著，才能感悟到空性的智慧。

所以，佛就是看透了“波”这“缘起”的虚妄，而到达“性空”的境界，也就达到“永脱轮回”。“轮回”就是心念，而“一念悟时众生是佛”，“无所住”、“明心见性”，做到了不执著，那么你的心就是智慧之心，这就是“不住相生心”。连“轮回”也看“空”了，就能悟到自然的真实本性，从这个角度说，也就“永脱轮回”，永脱心魔苦海了。

六祖惠能说“顿悟成佛”，就是指这样的大彻大悟。“佛”不是执著地去修而来的，而是对大自然，对人生的一种觉醒。因为万物本身就是天然的“佛”，天生就具有“佛”性，这是大自然的一种天然自性，寻回这种天然的自性，就成为“佛”。所以“修佛”、“修道”正确地说，应是“悟佛”、“悟道”。

对绝大多数人来说，如果成为与天地齐寿的“佛”或“神仙”，这难以做到，也无必要，因为如果个个成“佛”成“神仙”了，那么世界就变了样，甚至不存在了。

古往今来，真正成“佛”，“与天齐寿”，达到宇宙最高境界的只有“佛陀”一人。其实我们也不必太执著，从大自然的角度，我们每个人，所有众生，天生都是“佛”。成“佛”，成“神仙”是对宇宙人生的一种觉悟，取决于我们的思想和行为，特别是对人类、对大自然的一种无上功德，功德完满，就成了“佛”。

万事万物皆体现佛性，万物都是“佛”，都是“道”，处处是“道”场，在日常生活工作、待人处事中，都可以悟“佛”悟“道”，悟的是人生宇宙的大智慧，与社会、自然相和谐的“真、善、美”之道。

“万法尽在自心中”，一旦觉悟了就“顿见真如本性”，可以说，“佛”并不神秘，这“尽在自心中”，是可以通过“顿悟”达到的。

“一念悟时众生是佛”，在社会中实施积极的人生，去掉后天的不良品行，重拾真正的自然自性，随“缘”当下，知足常乐，行为符合“大道”，平常不断修德，与人为善，服务社会，为众生创造福祉，爱护自然生态，维护自然生态的和谐，与自然和谐相处，也即大慈大悲，这样胸怀自然宽阔，就会逐渐达到“佛”的境界，“顿见真如本性”。积累世功德而完满，就是人间之“大佛”，是人间的大完满。

因而，修佛、修道，就是修胸怀，修的是大智慧，修的是大慈大悲，修的是对社会、对苍生、对大自然的无上功德。

同样，人类社会自身和谐发展，适应和遵循大自然的法则，与自然相和谐，这就达到了理想中的“大同世界”，这是“佛”的世界，也就是“极乐世界”。

“诸恶莫做，众善奉行；自净其意，是诸佛教”，这是人性的真善美之德。证悟了，一切都坦然，一切都自然而然。其实，不悟也不要紧，遵循自然之道，自然而然，随“缘”而安，与社会、自然和谐相处，开开心心地生活，过好人生的每一天，就是一个幸福之人，就能快活地畅游于天地之间，快活过“神仙”了。

自然、和谐、幸福、快乐就是“佛”！

黄智华